Boris Vian

Heiratet nicht: Laßt es sein!

BORIS VIAN

Heiratet nicht: Laßt es sein!

Lose Lieder und lockere Geschichten

Verlag Klaus Wagenbach Berlin

In die Reihe gebracht von Ludger Jorißen

Wagenbachs Sommerbuch 1997

 Einzelnachweise im Anhang. Umschlaggestaltung Christian Ide unter Verwendung eines Messerschnittes von Martin Glomm aus der Serie ›Lustspiel‹, erschienen im Verlag Hermann Schmidt, Mainz. Gesetzt aus der Korpus Quadriga durch die Offizin Götz Gorissen, Berlin. Gedruckt auf chlor- und säurefreiem Papier und gebunden von Clausen & Bosse, Leck. Printed in Germany. ISBN 3 8031 3046 8

Inhalt

Ich über mich

Zufälligerweise kam ich am 10. März 1920 auf die Welt, und zwar an der Pforte einer Entbindungsklinik, die wegen Streik geschlossen war. Meine Mutter war damals *schwanger* von den Werken Paul Claudels (seit jener Zeit kann ich ihn überhaupt nicht ausstehen), und zwar im dreizehnten Monat, und konnte das Konkordat nicht abwarten. Ein frommer Mann der Kirche, der zufällig vorbeikam, hob mich auf und legte mich gleich wieder hin: Ich war tatsächlich sehr häßlich (von dieser Zeit an habe ich meine wohlbekannte *Weihwedelphobie*). Zum Glück nahm mich dann eine hungrige Wölfin, die gerade Pierre Hervé zur Welt gebracht hatte (ich bin also genauso alt wie er, was vollkommen mit *Einsteins relativen Gleichzeitigkeitstheorien* übereinstimmt), unter ihre Fittiche und gab mir zu trinken. Ich wurde stark und klug, blieb jedoch weiterhin so häßlich, obwohl mich eine zwar uneinheitliche, aber doch üppig entwickelte Haarpracht zierte. In der Tat sah mein Kopf aus wie der von der Nike von Samothrake.

Mit sieben Jahren kam ich auf die École Centrale und drei Jahre später, 1942, ging ich wieder von ihr ab, total verunsichert von der *Hydrodynamik des Unterrichts* von Monsieur Bergeron. Damals konnte ich nicht ahnen, daß zwölf Jahre später, im Jahr 1946... Aber wir wollen nicht vorgreifen.

1938 trat ich dem Studium der *BONBONTROMPETE* näher, und ich fing an wie Armstrong zu spielen, aber ich gab es rasch wieder auf, damit er nicht brotlos würde: auf Grund der Rassenvorurteile hätte ich ihn glatt ausgestochen mit meiner knalleffektsicheren taufrischen Hautfarbe.

Im Jahr 1941, exakt am 18. April, begegnete ich dem berühmten Claude Abadie, derzeit Leiter der Compagnie de Suez, herausragendes Mitglied der Synarchie und Klarinettenspieler. ER nahm mich unter seine Fuchtel, und dank unserer

fruchtbaren Zusammenarbeit gewann das Orchester Claude Abadie 1945 verschiedene internationale Preise, trotz Anwesenheit des in seinen Reihen unerwünschten Claude Léon, eines *schamlosen Opiumrauchers* und Gelegenheitsmörders (der vorgibt, wirklich ein Diener der Gerechtigkeit zu sein).
Ganz plötzlich veränderte sich mein Aussehen, und ich fing an, *Boris Vian* zu gleichen, daher mein Name. Ohne weiter in Einzelheiten zu gehen, sei nur kurz erwähnt, daß ich irgendwann einmal in meinem Leben dreieinhalb Jahre bei der Association Française de Normalisation verbrachte, die mittlerweile durch einen Brand zerstört wurde, den Jacques Lemarchand sorgfältig in eckigen Klammern versteckt gelegt hatte.
Raymond Queneau begegnete mir beim Angeln, was ich nicht tue, und schlug mir, von meinem Drive ganz hingerissen, einen *Testgalopp* vor. Was ich prompt befolgte. Der Rest gehört der Zeitgeschichte an. Barfuß bin ich ein Meter sechsundachtzig groß, ich wiege genug, und vor allem *schätze ich die Werke von Alfred Jarry, das VÖGELN und meine vielgeliebte Gattin.* Nicht zu vergessen, aber danach: die New-Orleans-Musik, Duke Ellington, Lana Turner, Ann Sheridan, die Symphonien für Doppelglocke und Petrolwagenorchester des Commodore W. Spotlight, die Ölmalerei, die ich mit seltenem Glück betreibe, den Schnurrbart meines hochverehrten Jean Rostand, die Mädchen vom Jazz-Club der Universität (besonders eine Blonde im grünen Kleid ... doch lassen wir das), den Two-Beat (das ist keine sexuelle Anspielung) und die Mutter Chaput; *ich hasse Paul Claudel* (ich habs schon gesagt, aber ich sags halt gern und deshalb hab ich auch nie etwas von ihm gelesen), den ›Großen Meaulnes‹, *Alain* (nicht meinen Bruder, der ein ganz irrer Typ ist), *Péguy*, die Jazzvioline, wie sie eben die Franzosen so spielen, die Werke der Einbildung, *Lügen* und *kleinformatiges Zeug*, ›Iwan der Schreckliche‹, Leonard Feather, Edgard Jackson, den ›Diktator‹, Dumont d'Urville*,

Monsignore Suhard, *den Papst*; Barbotin, den mag ich. Nicht mag ich *flache Brüste* (bei Frauen), *ENDIVIENSALAT* und Scheiße, außer wenn sie gut angemacht sind. Ich suche eine Fünfzimmerwohnung mit allem Komfort. *Ich habe ein bewegtes Leben geführt, doch ich fange gern nochmal von vorne an.*

Boris Vian, 20. 6. 1946

* Ich übertreibe. Im Grunde ist mir der völlig egal.

Heiratet nicht, Mädchen

Saht ihr schon mal eine splitternackte Pfeife
Aus dem Badezimmer treten in der Früh
Triefend naß und voller Seife
Und ein Schnauzbart voller Apathie?
Saht ihr schon mal einen solchen Fratz
Sich bemühn um die Spaghetti-Nudel
In der Hand die Gabel, ein begoßner Pudel
Mit Tomatensaucenflecken auf dem Latz?
Sind sie schön, sind sie obszön
Sind sie alt, sind sie kalt
Sind sie lang, sind sie krank
Sind sie klein, sind sie gemein
Saht ihr schon mal schwitzend einen Fetten
Seine Beine schieben aus den Federbetten
Wie er seine Haare kratzt, den Wanst massiert
Tiefsinnig sich auf die Füße stiert?

Heiratet nicht, Mädchen, nein, laßt es sein
Steigt ins große Filmgeschäft ein
Bleibt beim Papa, jungfräulich rein
Serviert in Kneipen Schnaps oder Wein
Dressiert Affen und Katzen im Tierschutzverein
Hebt in der Oper Rock oder Bein
Stript für die Böcke im Scheinwerferschein
Geht auf den Strich allesamt im Verein
Nur, heiratet nicht, Mädchen, nein, laßt es sein.

Saht ihr schon mal einen Mann beklommen
Viel zu spät zum Abendessen kommen
Lippenstiftbeschmiertes Hemd
Weiche Knie und sehr verklemmt?
Saht ihr schon mal nachts in einer Bar
Einen Herrn mit angegrautem Haar
Sich mit Nachdruck wie besessen
An ein zartes Mädchen pressen?
Sind sie dumm, sind sie stumm
Sind sie stark, reden sie Quark
Sind sie reich, wer'n sie nicht weich
Sind sie weich, wer'n sie nicht reich
Saht ihr je im Leben euch am Arm
Einer dürren Ratte ohne Charme
Die sich Locken in den Schnurrbart dreht
Und blasiert die Nasenlöcher bläht?

Heiratet nicht, Mädchen, nein, laßt es sein
Kleidet euch extravagant, extrafein
Tanzt im »Olympia« im Scheinwerferschein
Laßt euch im Monat mit vier Männern ein
Verlangt statt des Kleingelds den großen Schein
Näht die Kohle ins Kopfkissen ein
Werdet ihr einst fünfzig sein
Werden euch hübsche Knaben das Alter verzeihn
Nichts im Kopf, aber Kraft in Arm und Bein
Das wird ein Leben, das wird fein
Wenn ihr nicht heiratet, nein
Mädchen, heiratet nicht, laßt es sein.

Wenn ihre Frauen sich zanken

Außerhalb der Ehe – was in Wahrheit die schlimmste von allen ist - haben die Frauen wirklich ein Talent, einen in überaus peinliche Situationen zu bringen. Bei der Hochzeit kommt man davon, indem man »Ja« zu einem Kerl sagt, der eine Schärpe über dem Bauch hat, und einer Anzahl hämisch kichernder Leute einen ausgibt (die Leute sind entzückt, wenn sie sehen, wie ihre Artgenossen sich an haargenau derselben Stelle die Fresse aufschlagen wie sie selbst). Doch ansonsten ... was tun? Wenn es ausreichte, zu einem anderen Kerl »Nein« zu sagen, der ein Erkennungsmerkmal wie die Schärpe hätte (eine schöne Tätowierung auf der Stirn beispielsweise), wäre damit das Problem auch noch nicht gelöst, denn nachdem man »Nein« gesagt hätte, würde man am folgenden Tag eiligst »Ja« zu einer anderen sagen, und alles finge von vorne an.
Denn so stehen die Dinge:
1. Man kann nicht ohne Frauen auskommen;
2. Frauen sind alle gleich.
Deshalb werde ich mich wahrscheinlich in einem Duell schlagen. Aber ich muß Ihnen erzählen wieso.

Das kommt alles von dieser Manie der Frauen, die Einladungen anzunehmen, die an ihre Männer gerichtet sind. Letzten Donnerstag kriege ich einen Brief, mit elegant kalligraphierter Aufschrift, auf parfümiertem Papyrin (eine gute Nummer von Chanel, todsicher), und ich mache ihn auf. Es war eine Karte meiner alten Freundin Rosette de K..., die mich einlud, das Wochenende auf ihrem kleinen Landsitz zu verbringen, 80 km von Paris.
»Perfekt«, sagte Odile, die die abscheuliche Angewohnheit hat, über meine Schulter mitzulesen, wobei sie so tut, als streichle sie mich, »was werd ich anziehen?«
»Aber ...«, sagte ich. »Äh ... Ich weiß nicht ... Hast du nicht Angst, es könnte ein Männerwochenende werden?«

Sie blickte mir gerade ins Gesicht.
»Ich werde Hosen anziehen, wenn es dich beruhigt.«
»Hör mal, Odile«, sagte ich im Tonfall der Vernunft, »stell dir nicht schon wieder irgendwas vor. Rosette ist eine alte Freundin, punktum, das ist alles, und sie weiß, welche Pflege meine Gesundheit erfordert.«
»Niemand kümmert sich besser um dich als ich«, sagt Odile. »Du bist ein eingebildeter Kranker, und die beste Behandlung dafür ist, es dir ständig zu wiederholen.«
»Jedenfalls ist das bestimmt ein Fest in aller Schlichtheit, und irgendein altes Kostüm wird schon richtig sein.«
»In aller Schlichtheit, mit so einer Schrift und so einem Briefpapier!« knurrte Odile. »Ich bin ganz beruhigt, da wird es schon Omas von Dior und Balmain geben...«
Es ist eine Eigenschaft meiner Frau, daß sie sich die anderen Personen ihres Geschlechts nur als »Omas« vorstellen kann, und wären sie Brigitte Bardot persönlich.
Kurz, Samstagmorgen brausen wir über die Autobahn des Westens, die voll von Aufgeregten ist, die das Wochenende wasweißichwo zubringen werden. (Man fragt sich, wo diese Leute das Geld hernehmen! Wie die sich die ganze Zeit erholen können, da bleibt mir die Luft weg.) Odile hat nur fünf Koffer mitgenommen, was eine Nettigkeit ihrerseits darstellt, da irre ich mich nicht.
Rosette empfängt uns unten an der großen Treppe. Sie hebt unmerklich die Augenbrauen, als sie Odile sieht. Ich habe keine Minute Zeit gehabt, um sie anzurufen.
»Wie nett von Ihnen«, sagt Odile. »Wie ich diesen Ort liebe! Was für ein Glück Sie haben!«
»Ja, unter der Woche, wenn keiner da ist, ist es ziemlich ruhig hier«, antwortet Rosette kalt.
Sie küßt mich herzlich.
»Oh, wie lustig«, sagt Odile mit einem affektierten Lachen. »Sie küssen Jacques, genau so wie man es auf dem Land tut, drei Mal...«

»Das ist wahr«, sagt Rosette, »ich hätte ihn auf den Mund küssen sollen wie in Paris!«
Zack! Das hat sie verdient! Gott ist mein Zeuge, daß ich meine Frau liebe, aber die kann einen ärgern ...
Daraufhin weiß ich nicht, wo ich mich verkriechen soll. Rosette fügt hinzu, damit ich mich wieder fasse: »Herzchen, das war noch bevor Sie Jacques heirateten ... Als er jung war ...«
Und sie weiß sehr wohl, die Kratzbürste, daß Odile und ich genau im gleichen Alter sind. Außerdem, ich weiß nicht warum, gefällt mir diese Bemerkung überhaupt nicht. Es gibt einen Moment leichter Störung in der Wetterlage. Glücklicherweise springt da ein herkulischer Bursche, blond, mit einem ganz einfachen Sweater (aus Kaschmir) und einem Paar »Slacks« neutraler Farbe (ein kleines Lederding aus dem Hause Dorian Guy), die Treppen herunter, immer vier Stufen auf einmal nehmend.
»Guten Tag, Odile, guten Tag, Jacques.«
Und er küßt meine Frau wie eine frische Semmel, drei Mal.
»Wie auf dem Lande«, sage ich ...
Keiner lacht. Das fängt ja gut an.

*

Ich weiß nicht, wer die Feindseligkeiten eröffnet hat, aber das Abendessen ist kaum vorüber, da spüre ich, wie der Ton der Unterhaltung sich verhärtet, möcht ich mal sagen. Wir sind im Salon und plauschen gerade, und Odile sitzt am Fenster in einer Bergère; sie diskutiert mit einer ziemlich entzückenden Person, Nadia M..., deren Zimmer sich zufällig direkt neben meinem befindet ... neben unserem, wollte ich sagen. Ganz klar, wenn Rosette nicht gewußt hätte, daß ich verheiratet und sehr ernsthaft bin, wäre dieser Zufall eine ganz liebenswürdige Aufmerksamkeit gewesen.
Ich spitze die Ohren.
»Man muß schon vollkommen zurückgeblieben sein, um die-

ses Theaterstück zu mögen«, sagt Odile mit diesem kleinen Unterton, den ich so gut von ihr kenne. Typus Saint-Gobain-Eiscreme, mehrere Zentimeter dick.
»Nun, ich habe sehr viel Gefallen daran gefunden«, sagt Nadia und lacht, »und Georges auch, nicht wahr?«
Georges ist diese Ausgeburt von einem blonden Herkules, der mir freundlicherweise beim Hinaufschaffen der Koffer behilflich war.
»Ja«, sagt Georges, »es hat mir nicht mißfallen ...«
»Daß das einem Mann gefällt«, fährt Odile fort, »wundert mich nicht ... Schließlich gibt es Jeanne, die da drin einfach ausgezeichnet ist ... Aber es ist gräßlich für eine Frau, die ein Bewußtsein von ihrem Frau-Sein hat.«
Ich habe nie gewußt, wo Odile ihr Vokabular aufgegabelt hat ...
»Es ist wahrscheinlich, daß ich kein Bewußtsein von meinem Frau-Sein habe«, sagt Nadia etwas verstimmt.
»Das«, sagt Odile, »das scheint mir offensichtlich.«
»Was wollen Sie damit sagen?«
»Daß Sie ganz begeistert von dem oberflächlichen Leben sind, das Sie führen.«
»Und Sie, leben Sie vielleicht ein tiefschürfendes Leben? Graben Sie vielleicht nach Öl?«
»Sehr witzig!« sagt Odile spöttisch.
»Also ich finde eine wie Sie«, sagt Nadia, »einfach beschränkt. Höflich ausgedrückt.«
»Tun Sie sich keinen Zwang an«, sagt Odile.
Da sie gute Reflexe hat, gelingt es ihr, die Ohrfeige abzufangen, die Nadia ihr verpaßt, aber Nadia hat nicht an die spitzen Absätze meiner besseren Hälfte gedacht, die ihr einen Knöchel nach ihrer Art zurichten.
Und da stehe ich vor dem schauderhaften Dilemma! Was tue ich jetzt?
Dieses Dilemma hat sich auch für Rosette, André und Monique, Geneviève und Georges, den drei anderen Gästen,

gestellt, denn sie sind weg ... Außer den Kämpferinnen bleiben nur der Herkules und ich selbst. Blicke werden getauscht. Es gibt einen furchtbaren Augenblick der Ungewißheit, wo ich innerlich schon meinen Unterkieferknochen unter seiner Faust wie einen Schinken krachen höre. Aber er sieht genauso betreten aus wie ich.

»Kommen Sie, wir schauen uns den Hundezwinger an«, sagt er zu mir.

Wir gehen hinaus, ohne uns umzudrehen. Ich höre gerade noch das grauenvolle Geklirr einer Vase, die auf dem Parkett zerspringt. Falsche Bewegung von einer der beiden ... Das wird sie beruhigen ...

★

Die Zeremonie unseres Zubettgehens war mühselig.

»Du bist vollkommen«, sagt Odile. »Mich mit dieser Megäre allein zu lassen ... Mich nicht mit einem einzigen Wort zu unterstützen!«

»Das wäre nicht galant gewesen«, sage ich.

»Aber flegelhaft zu mir zu sein, das macht dir nichts aus?«

»Ich war nicht flegelhaft. Ich bin weggegangen.«

»All das, weil ich wörtlich deine eigenen Meinungen zitiere.«

»Sprich doch lieber über deine.«

»Du verweigerst die Verantwortung!«

Da explodiere ich.

»Hör zu, Odile, ich bin nicht verantwortlich für das, was du sagst, ein für allemal. Du bist volljährig und geimpft, du weißt, was du tust, das hoffe ich wenigstens, und du wirst dich jedesmal allein durchwurschteln, wenn du dich allein mit einer Frau streitest. Denk an Cathérine!«

»Ah! Das gefällt dir wohl, mich an Cathérine zu erinnern! Noch eine von deinen Mätressen.«

Breiten wir ein Mäntelchen über den Faustkampf, der jetzt folgt. Ich verabscheue das Wort, das sie für meine besten

Freundinnen zu benutzen pflegt. Und breiten wir ein nicht weniger dickes Mäntelchen über die Reaktionen meiner Gastgeber dieses Wochenendes angesichts meines blauen Auges am nächsten Morgen. Mein einziger Trost sind die vier Schrammen auf der Wange des Herkules. Er ist übrigens reizend, und nach dem Mittagessen verziehen wir uns in den Gemüsegarten.

»Nadia?« sage ich und zeige auf seine Wange, während wir uns eine gute alte Bruyère anzünden.

»Ja«, sagt er. »Odile?«

»Ich gestehe es.«

Ich denke an Nadia und seufze.

»Eine, die ich noch nicht mal kenne! Wollen Sie mir mal sagen, warum sie die Manie haben, die Männer in eine Schlägerei an ihrer Stelle zu treiben? Was sollte ich denn tun? Ihre Frau ohrfeigen?«

»Schreckliche Lösung«, sage ich. »Ich hätte Sie fordern müssen. Und dazu langts bei mir nicht.«

»Das Zeitalter der Duelle muß leidvoll gewesen sein«, bemerkt er.

»In so einem Fall«, sage ich, »hätte ich als Beleidigter den Handbohrer gewählt.«

»Wie geht das?«

»Ein Brett auf den Magen, jeder kriegt einen Handbohrer, und beim Pistolenschuß dreht man los.«

»Was für eine Methode!«

»Das ist humaner als zu fechten«, sage ich. »Töten auf Distanz finde ich abstoßend. Und mit dem Handbohrer hört man ziemlich schnell auf zu drehen. Sobald der eingedrungen ist...«

»Trotzdem versaut das einen Anzug. Passiert Ihnen das oft, solche Geschichten?«

»So oft wie allen, die etwas nervöse Frauen haben.«

»Aber was soll man machen?«

»Das steht nicht im Gesetz. Überhaupt sind Duelle gesetzlich verboten. Sie werden sagen, wenn man das Gesetz befolgen wollte, würde vor den Gefängnissen Schlange gestanden. Übrigens lernt man das Gesetz erst kennen, wenn die Leute es verletzen, und deshalb hüten sich die Richter wohl, alle Kriminellen zu guillotinieren. Sie brauchen einige davon, die frei herumlaufen, damit sie präzise Probleme zu bewältigen haben.«

»Also wirklich«, protestiert der Herkules, »sie rauchen, sie wählen, sie genießen unglaubliche Privilegien, und dann muß man sich noch für sie prügeln!«

»Man müßte sie rekrutieren«, sage ich.

Ich erschaudere, wenn ich an Odile als Adjutant denke. Die armen Rekrutinnen...

»In gemischten Abteilungen, oder in weiblichen?«

»Schluß mit dem Abschlachten!« sage ich. »Trennung, bitte sehr. Keine Vermischung... Frauen unter sich!«

Er nimmt das anfängliche Problem wieder auf.

»Aber haben *Sie* sich denn schon dazu bringen lassen, sich in einem vergleichbaren Fall zu schlagen?«

»Ich war sehr jung«, sage ich entschuldigend.

Es war schrecklich. Ich sehe die Szene noch vor mir. Natürlich in einem Salon. Es ist immer in einem Salon. Zur Entlastung Odiles kann man allerdings zugestehen, daß sie diesmal das Opfer war. Ihre Partnerin war eine Person, älter als sie, die einen ziemlich erstaunlichen Hut trug. Von Anfang an legte sie beängstigende Zeichen an den Tag. Odile war zu diesem Cocktail eher schlicht gekleidet, und die Dame hatte bemerkt, daß die jungen modernen Frauen Unrecht daran täten, keinen Hut aufzusetzen, daß das nach Negligé aussehe.

»Ich brauche keinen Schatten für meine Falten«, hatte Odile geantwortet.

»Volltreffer«, konnte ich mich nicht zurückhalten zu sagen.

»Wie meinen Sie das genau, junger Mann?« fragt mich da ein Sanguiniker mittleren Alters, eingezwängt in ein lächerliches Prince-of-Wales-Jackett.

»Reiner Sportsgeist!« sage ich sehr entspannt.
Gut ... Ruhe kehrt ein, aber nicht lange. Die Dame fängt an, von ihren Bettgeschichten zu reden. Kleine nachlässige Anmerkung von Odile:
»Und da wird immer versichert, daß wir Frauen keine Fantasie hätten ...«
Das geht noch durch. Aber die Dame überhäuft weiter hartnäckig die Versammlung mit albernen Bemerkungen, und Odile weist schließlich darauf hin:
»Diese Frauengeschichten können vielleicht öde sein ... Ich mag die Männer aber viel lieber ...«
»Das zu merken, fällt denen ganz sicher nicht schwer«, sagt die Dame, »Sie verbergen nichts, soviel steht fest ...«
Ich werde doch nicht, nur weil Odile ein hübsches Dekolleté hat, die alte Schachtel an ihr rumnörgeln lassen.
»Was hübsch ist, hat noch nie jemandem geschadet«, sage ich.
»Fehlt bloß noch das Preisschild«, sagt die Dame.
Sehr gesetzt frage ich: »Gnädige Frau, soll ich daraus schließen, Sie halten meine Frau für eine ...«
Ja ... Ich sage das exakte Wort. Schließlich habe ich es ja nicht erfunden.
»Ganz genau«, sagt die Dame keineswegs zurechtgestutzt.
Ich habe meinen Geniestreich und gebe zurück: »Das ist nicht jeder, der's sein will ...«
»Das ist wahr«, sagt Odile, »wenn die Ware verdorben ist, kann man sie unter die Käseglocke stellen, soviel man will, davon sieht es auch nicht besser aus ...«
Und boshaft kitzelt sie den Deckel der Dame.
Kurz, ihr Mann war Aktionär der Firma, wo ich arbeite, das kostet mich meine Stellung. Da konnte ich nicht anders handeln. Aber warum haben die Frauen nur die Angewohnheit, sich in der Öffentlichkeit solche Kaliber an den Kopf zu werfen?
In Wahrheit sollte man zwei Kategorien von Streitigkeiten einführen: die einen für Männer, die anderen für Frauen. Sie

könnten das in speziell ausgerüsteten Salons regeln, mit Judomatten, wertlosen Vasen, sterilisierten Hutnadeln und Ersatzdutts.

Die Männer streiten sich nämlich praktisch nie. Oder sie führen Krieg. Das ist letztlich gefährlicher, aber während der Zeit ist man wenigstens von diversen häuslichen Sorgen befreit. Ohne bis zu dieser äußersten Lösung gehen zu wollen, ein Rat: wenn Ihre Frau nervös ist, seien Sie auf der Hut. Sagen Sie Ihrem alten Kumpel Henri, er soll sie mal ausführen, zum Beispiel...

Eine Wohnung in einem Fingerhut

Aber ja, da haben Sie genug Platz!

Ich habe Maurice im Autobus getroffen. Er sah brummig aus.
»Und deine Wohnung?« habe ich ihn gefragt.
Denn ich kannte die Gründe für seine schlechte Laune. Grämlich hat er mich angeschaut.
»Das war die größte Dummheit meines Lebens«, hat er gesagt.
»Ich wäre besser bei meiner Mutter geblieben.«
»Aber du konntest doch Jacqueline nicht bei deiner Mutter einziehen lassen! Eine Schwiegermutter und eine Schwiegertochter, die sollte man doch lieber voneinander trennen...«
»Ach ja?« hat Maurice geantwortet. »Nun, seit meine Möbel angekommen sind, habe ich nicht mal mehr genug Platz, um mich anzuziehen. Du wirst mir doch nicht erzählen wollen, daß du das etwa schaffst?«
Maurice und ich, wir haben nämlich annähernd die gleiche Wohnung gefunden: ein Zimmer, eine Dusch-Küche und einen Eingang von etwa einem Meter auf fünfzig Zentimeter.
»Ich?« sagte ich begeistert. »Das ist doch wundervoll! Odile und ich haben zuviel Platz!«
Wir haben uns nicht voneinander verabschiedet. Er muß böse sein. Oh, ich warte schon drauf, daß er eines Tages angelaufen kommt! Er wird seine Wut vergessen, und die Neugier wird ihn früher oder später hierhertreiben, um zu sehen, ob ich gelogen habe. Ich erwarte ihn standhaft. Ich habe wirklich mehr Platz, als ich brauche.
Sicher, das ist nicht von alleine gekommen. Zunächst habe ich die stupide Routine besiegen müssen, die die gewöhnliche Einrichtung von »möblierten Studios« bestimmt. Sie wissen, wovon ich spreche: das Bett (1,95 × 1,40) in einer

Ecke. Nahe am Fenster ein Wandschrank mit Kleiderablage (2 m hoch, 1,10 breit, 0,65 tief). Und genau in der Mitte des Zimmers, so daß man sich nicht mehr rühren kann, ein Tisch (0,90 × 0,75), sowie eine wundersame Truhe zentral vor der letzten noch frei bleibenden Wand plaziert (1,20 hoch und 1,10 × 0,50). Einige Stühle, ein kleiner runder Tisch (0,60 m Durchmesser). Kurz, sobald alle erstmal sitzen, und unter der Bedingung, daß keiner zu heftig atmet, hat man Raum... Aber drüber! Und man muß sich davor hüten, sich etwa zu bewegen, wenn man sich Hämatome ersparen will.
Ich habe das Glück gehabt, eine relativ geräumige Küche von 2,50 × 2 Metern zu bekommen. Ich hätte es wohlgemerkt aber auch ohne Küche geschafft... Ich habe sogar schon vollständige Pläne für die Einrichtung eines Raumes von 3 × 3 × 3 Metern ausgearbeitet, und dabei habe ich festgestellt, daß mir noch ein Würfel mit Luft übrigblieb, unglaublich! Aber greifen wir nicht vor. Ich wollte mehr Platz; es gibt kein Beispiel dafür, daß man mit ein wenig Willenskraft nicht mit den unlösbarsten Problemen fertig würde. Ich habe Le Corbusier in klein gespielt; und ich habe gewonnen... Allerdings hat sich die Regierung auch nicht eingemischt.
Als erstes, der Schrank. Nichts erdrückt einen mehr als ein hoher, düsterer Schrank in einem hellen und wahrlich nicht so großen Studio, denn es ist jetzt an der Zeit mitzuteilen, daß es annähernd 4,50 mal 3,10 Meter mißt. Der Schrank war aus amerikanischer Pechkiefer – das ist nicht besonders erfreulich anzuschauen –, ein eckiges, enormes Ding mit hervorstechendem Giebel.
Keine Sekunde gezögert. Pechkiefer oder nicht, ein Pinselstrich mit weißer Farbe drüber und hopp! ab in die Küche mit dem Monster. Jetzt steht er mit dem Rücken zur hinteren Wand, symmetrisch zur Spülbecken-Boiler-Einheit im Verhältnis zum elektrischen Herd, unter dem der Abfalleimer einen bequemen Unterschlupf gefunden hat. Solchermaßen camoufliert, von der gleichen Farbe wie die Wände, geht er in

dem allgemeinen Weiß auf, und man fühlt sich nicht mehr wie Däumling vor der Chinesischen Mauer. Denen, die mir entgegenhalten werden, daß die Bratgerüche in die Kleider ziehen könnten, werde ich antworten, primo, daß mein Schrank zur rechten Zeit geschlossen ist, da man sich nicht anzieht, während man kocht. Secundo, daß ich sowieso kein großer Vorkämpfer von Gebratenem bin, da es so schwer im Magen liegt, und tertio, daß man heutzutage schließlich Chlorophyll-Deodorants verkauft.

Da wir schon in meiner Küche sind, werde ich Ihnen von einer kleinen, einfachen und überaus praktischen Einrichtung erzählen. Stellen Sie sich die hintere Wand vor. Links Boiler und Spüle. In der Mitte der Elektroherd (nein, ich bin kein Kapitalist; der kostet 270 Francs im Monat, vom Elektrizitätswerk gemietet). Rechts der Schrank (auf dem ich oben übrigens einige leere Koffer verstauen konnte). Es bleibt also wenig Platz, um das Geschirr abtropfen zu lassen, denn die linke Wand ist ihrerseits von einem Fenster durchbohrt, das fast bis zur Spüle reicht. So habe ich, gerade über dem Herd, ein großes Brett angebracht, das sich gegen die Wand klappen läßt und sich über den Herdplatten öffnet. Ergänzende Raffinesse: es ist so angebracht, daß es in Arbeitsstellung eine leichte Schräge auf die Spüle zu aufweist und so dem Wasser erlaubt, in sie abzulaufen. Eine gute Ripolin-Lackierung schützt das vulgäre weiße Holz, aus dem es besteht, und ein Sperrklotz hält es hochgeklappt, während man den Herd benutzt. Natürlich nehmen Hängeschränke über der Spüle alle möglichen Waren und alte, leere Einmachgläser auf.

In einer anderen Ecke meiner Küche befindet sich eine Dusche. Demnächst werde ich den Raum, der darüber zur Verfügung steht, verwerten: ich werde dort ein kleines Wäschetrockengestell anbringen (wobei ich darauf achte, die Wäsche während des Duschens beiseite zu räumen) oder ein zusätzliches Abstellfach, dessen Rückseite von einer Plastikfolie geschützt ist, für die hunderttausend Dinge, von denen man

nie weiß, wohin damit, und die wegzuwerfen einem ein alter Instinkt des Aufhebens verbietet.
Über dem Tisch werde ich beispielsweise ein mit Glaswolle gepolstertes Bügelbrett einbauen. Es wird sich genau wie das Abtropfbrett gegen die Wand hochklappen lassen. Unter dem Fenster ist, obwohl es niedrig ist, Platz für einen Kasten, der Gemüseregale aus verzinktem Draht, Schuhputzzeug oder die Schuhe selbst beinhalten wird. Außerdem (im unwahrscheinlichen Fall einer bedeutenden Erbschaft) hätte darin einer dieser kleinen 35-Liter-Kühlschränke Platz, die für Paris völlig ausreichend sind. Nun, wohin ich den Blick wende, entdecke ich freie Flächen, Leerräume, die darauf warten, gefüllt zu werden, jungfräuliches Land, das ich früher oder später kolonisieren werde. Und der Raum in der Mitte bleibt frei.
Doch kommen wir zum Studio zurück. Darauf habe ich nämlich die hauptsächlichen Ressourcen meines unbestreitbaren Organisationsgenies einwirken lassen. Als ich die verfügbare Gesamtfläche und die von Möbeln besetzte gegeneinander abwog, war ich schnell zu dem Ergebnis gekommen, daß ich dazu gezwungen sein würde, auf eine Ausruhecke Typus »Salon« zu verzichten, es sei denn, ich führte gewisse Neuerungen ein. Sobald das Bett, der Tisch und der Rest untergebracht wäre (ich vergaß, eine furchterregende Stehlampe zu erwähnen, deren bemalter Schirm eine Karavelle darstellt, die dem Untergang geweiht ist, sollte man sie jemals bauen, und die, das spüre ich, eines Tages einem Unfall zum Opfer fallen wird), wenn also erstmal alles seinen Platz hätte, wäre es unmöglich, das Zimmer mit großen Schritten zu durchmessen, wenn ich in den Klauen der Inspirationsqualen bin. Darüber hinaus wird in meinem Fall das Problem zusätzlich kompliziert durch das Vorhandensein eines Schreibtisches, des einzigen Möbelstückes, das ich mir im Laufe meines Hundelebens habe leisten können, ein Monument aus Metall, dessen Platte mit Pegamoid bezogen ist und das auf zwei Schubladen-Aktenschränken ruht, deren Anordnung die genialste der Welt

ist. Einziger Nachteil: dieser Schreibtisch mißt 1,95 mal 0,85 Meter. Ich füge hinzu (also wirklich, ich vergesse alles) die beiden »Club«-Sessel – und man weiß ja, wieviel Platz die einnehmen – plus eine beachtliche Menge Bücher, Schallplatten und einen Plattenspieler, auch ein Möbelstück mit rechtschaffenem Raumbedarf.
Soll mich keiner schreiend der Lüge bezichtigen. Ich schwöre, daß all das bei mir untergebracht ist, und daß ich mit großen Schritten usw. usw. Und zwar so. (Ich führe eine der möglichen Lösungen aus; es gab noch eine andere, »kompaktere«. Doch man soll ja auch nicht den Eindruck eines leeren Raums haben, das verschreckt.)
Mehr oder weniger überall trifft man auf Schrankbetten, Sofabetten, Schubladenbetten, Klappbetten, Stuhlbetten, Gitarrenbetten, Was-weiß-ich-Betten ... Ich gebe auf all diese Systeme absolut nichts. Ein Abtropfbrett an die Wand zu klappen, braucht wenig Anstrengung. Ein Bett hochzuklappen, selbst das ausbalancierteste der Welt, das ist mühselig. Außerdem, ich mag es nicht, wenn man ein Objekt zusammenklappt, um ein anderes an seine Stelle zu setzen. Mit der gleichen Denkhaltung finde ich es bedauernswert, daß Leute, die in Charenton leben, in Levallois zur Arbeit gehen; das ist verlorene Zeit. Entrüstung über die verlorene Zeit! Ein Bett muß offen bleiben; schließlich kann man doch jederzeit Lust haben, sich darauf auszustrecken, sei es auch nur, um die Zeitung zu lesen.
Nun, mit einem Schlage entdeckte ich die Lösung, die es mir gestatten würde:
1. Mein Bett in einer ursprünglichen Form zu behalten.
2. Bücher, Schallplatten, Plattenspieler und einen der Clubsessel zu verstauen.
3. Mein Bett vor den Blicken eventueller Besucher abzuschirmen. (Ich gestehe, daß ich es nicht jeden Tag mache. Ich liebe es, in einem schön ungemachten Bett zu schlafen ... Man kann seine Füße rausstrecken, in kalte Ecken.)

4. Bewundernde Bemerkungen vom Typ »Oh, das ist genial!« oder »Sie sind aber außergewöhnlich!« herauszufordern.
5. Alles in allem, einen zusätzlichen Raum in meinem Studio zu schaffen.

Das ist nicht kompliziert. Für 10.000 Francs Holz und Schrauben, für 2500 Francs eine Leiter - die Kosten. Die »Querversteifung« des Betts wird von einem hübschen kleinen Balkengitter gesichert, wie die Ingenieure es nennen, es besteht aus Leisten von 3 × 2 cm im Querschnitt, die folgendermaßen angeordnet sind: die vier starken Elemente sind die vier Eckpfeiler, die in U-Form aufgebaut sind und in denen man Unmengen von Büchern unterbringen kann. Die Höhe des Gerüsts ist, unter der »Decke«, 1,65 m. Zugegeben, nicht genug, um aufrecht stehen zu können! Aber das ist ja eben die Ausruhecke, und da kommen der Plattenspieler, die Schallplatten und einer der Clubsessel hin. Das hätte man doch ein bißchen höher machen können ... Dann wäre aber der Raum zwischen dem Bett und der Zimmerdecke etwas niedrig gewesen. So wie es jetzt ist, kann man sich bequem im Bett aufsetzen, ohne sich den Kopf an der Decke zu stoßen. Übrigens steht man nicht auf einem Bett, und der Ausdruck »im Stehen schlafen« ist rein bildlich gemeint.

Wenn man im Bett liegt, kann jedermann eintreten; man wird nicht gesehen. Und der Platz ist bemerkenswert. Ich habe noch nicht alle Möglichkeiten des Systems ausgeschöpft. Denken Sie nur, ich hätte das Ganze über dem Schreibtisch einbauen können, also etwas näher am Boden (denn man sitzt ja an einem Schreibtisch), also noch billiger. Da wird mir ganz schwindlig. Und all das unbeschadet dessen, was ich noch über den Schreibtisch bauen werde.

Der tägliche Aufstieg über die Leiter hält Sie angenehm in Form. Der Blickwinkel von da oben ist sehr angenehm. Man kann auch die Decke berühren, was eine intime Note gibt.

Der Schreibtisch unter dem Bett würde auch äußerst zufriedenstellend das Problem der Person lösen, die arbeitet, während sein(e) Partner(in), vor dem Licht geschützt, schläft. Dies ist also das Meisterstück. Der Rest sind Lappalien. Zu dieser Grundlage können sich tausend Dinge hinzugesellen: kleine, an den Eckpfeilern angebrachte Kaktustöpfchen, Hängekorb für die oft gespielten Platten, Kleiderablage, einen Anbau ganz hinten usw. usw.

Man wird mir einen Nachteil entgegenhalten: es ist nicht sehr bequem, wenn man das Bett machen will. Das trifft für Sie sicher zu; nicht mehr für mich. Haben Sie schon einmal darüber nachgedacht, daß man seit Jahrhunderten nie versucht hat, dieses System zu verbessern, das darauf beruht, am Abend das durcheinanderzubringen, was man am nächsten Morgen wieder in Ordnung bringen wird? Ich habe den Vorgang des DAUER-Betts perfektioniert, mit einem knitterfreien Oberlaken und einem beweglichen Unterlaken. Sein Bett nur alle zehn, zwölf Tage machen zu müssen, wenn man die Laken wechselt, das stellt doch wohl einen Fortschritt dar, oder?

Odile hat neulich zu mir gesagt: »Liebling, ich hoffe, du wirst mir nicht böse sein, aber ich ...«

»Was denn, mein Engel?«

»Ich glaube, daß ... nun ... Ach, Liebling, schwörst du mir, daß du dich nicht ärgern wirst?«

Mein Auge leuchtete mit dem grünen Blitz des Verstehens auf, und ich habe meine zarte Odile in die Arme geschlossen. »Mein Schatz«, habe ich zu ihr gesagt, »ich hoffe, es werden Zwillinge ... Schließlich, warum soll man sich zurückhalten, wenn so viel Platz da ist? ...«

Und ich habe einige Ausbauten vor, ich sage Ihnen nur das! ... Mein Gehirn brodelt nur so. Die mit ihren Hausrats-Ausstellungen, daß ich nicht lache!

Unanständiges Sonett*

Sie träumt bewegt.
Durchs Hausportal
Der Sonnenstrahl
Sich zu ihr legt.

Und wie im Traum
Seh ich sie oft
Und unverhofft:
Schimäre, Schaum.

Der Lust-Effet
Vom rosa Tee
Färbt ihre Haut.

Auf nackten Leib
Zum Zeitvertreib
Die Sonne schaut.

* Aber kaum …

Party bei Léobille

Auf der Innenseite hatten Folubert Sansonnets Wimpern, die direkt vom leicht wellenförmigen Sonnenstrahl getroffen wurden, der durch die Ritzen der Jalousien fiel, ein hübsches orangefarbenes Rot, und Folubert lächelte im Schlaf. Freundlich und erhitzt kam er mit leichtem Schritt auf dem weißen Kies aus dem Hesperidengarten, und hübsche Seidentierchen leckten ihm die Zehen. In diesem Augenblick wachte er auf; er packte vorsichtig Frédéric, die dressierte Schnecke, auf seinem großen Zeh und brachte sie in ihre Ausgangsstellung für den folgenden Morgen zurück. Frédéric schnaubte ängstlich, sagte aber nichts.

Folubert setzte sich im Bett auf. Von morgens an nutzte er den ganzen Tag die Zeit zum Nachdenken und er ersparte sich so die vielfachen Unannehmlichkeiten, in die sich diese schlecht angeleiteten ängstlichen und unruhigen Wesen verwickeln, denen ihre geringste Tätigkeit der Vorwand für unzählige und sehr oft gegenstandslose Abschweifungen (verzeihen Sie mir die Länge dieses Satzes) scheint, denn sie vergessen die Gegenstände.

Er hatte zu denken an:

1. Wie er sich geschmacklos anziehen würde;

2. Wie er sich ernähren würde;

3. Wie er sich zerstreuen würde.

Das ist schon alles, denn es war Sonntag, und Geldauftreiben stellte ein bereits gelöstes Problem dar.

Folubert dachte also der Reihe nach über diese drei Fragen nach.

Sorgfältig erledigte er seine Toilette, putzte sich kräftig die Zähne und schneuzte sich in seine Finger; dann zog er sich an. Sonntags begann er mit der Krawatte und hörte mit den Schuhen auf, das war eine ausgezeichnete Übung. Er wählte ein paar modische Socken mit wechselnden Ringeln in seiner

Schublade: ein Ringel blau, kein Ringel, ein Ringel blau, kein Ringel usw. Mit diesem Strumpfmodell konnte man sich nach Wunsch die Füße mit einer Farbe bemalen, die zwischen den blauen Ringeln auftauchte. Er spürte die Folgen seiner Schüchternheit und wählte folglich einen Topf grüne Apfelfarbe.

Für den Rest nahm er seine Werktagskleidung, ein blaues Hemd und saubere Unterwäsche, denn er dachte an drittens.

Er frühstückte einen Hering aus der Dose, mit süßem Öl übergossen und mit einem Stück Brot, frisch wie das Auge, und wie das Auge mit langen rosa Wimpern gefranst.

Endlich gestattete er sich, an seinen Sonntag zu denken.

Heute war der Geburtstag seines Freundes Léobille, und zu Ehren von Léobille gab es eine schöne Party.

Beim Gedanken an Partys verlor sich Folubert in einer langen Träumerei. Er litt in der Tat an einem Schüchternheitskomplex und er war insgeheim neidisch auf die Forschheit der Tagesgrößen: er hätte gern die Behendigkeit eines Grouznié gehabt, vermischt mit dem Feuer eines Doddy, die smarte und bezaubernde Eleganz von Rémonfol, die verlockende Strenge des Chefs Abadibaba oder das vortreffliche Piratenwesen von ganz gleich welchem Mitglied des Club des Lorientais.

Gleichwohl hatte Folubert hübsche Roßkastanienaugen, weich fließendes Haar und ein anmutiges Lächeln, mit Hilfe dessen er zweifellos alle Herzen gewann, ohne es zu merken. Aber er wagte nie seine vorteilhafte Erscheinung auszunutzen und blieb immer allein, während seine Kameraden elegant mit den hübschen Mädchen swingten, Jitterbug und gallisches Geschütz tanzten.

Oft machte ihn das melancholisch, aber nachts suchten ihn tröstende Träume heim. Er fand sich hier wieder voller Wagemut, und hübsche junge Mädchen umringten ihn flehend, damit er ihnen die Gunst eines Tanzes gewährte.

Folubert erinnerte sich an den Traum dieser Nacht. Es war

eine sehr bezaubernde Person im lavendelblauen Mooskreppkleid, und ihre blonden Haare bedeckten ihre Schultern. Sie hatte kleine blaue Schlangenlederschuhe und ein seltsames Armband, das er nicht mehr genau beschreiben konnte. Im Traum liebte sie ihn sehr, und am Ende waren sie zusammen weggegangen.

Zweifellos hatte er sie geküßt, und vielleicht hatte sie es sogar geschehen lassen, um ihm einige zusätzliche Gunstbezeigungen zu gewähren.

Folubert wurde rot. Er würde noch Zeit haben, an das zu denken, während er sich zu Léobille begab. Er kramte in seiner Tasche, er überzeugte sich, daß sie genügend Geld enthielt, und ging weg, um eine Flasche Magenbitter zu kaufen, die billigste Sorte, denn er trank nie.

Im selben Augenblick, als Folubert aufwachte, setzte der Major, von der rauhen Stimme seines geplagten Gewissens aus dem Schlaf gerissen, mit dem Geschmack eines gewöhnlichen, schlechten Fusels im Mund, einen Fuß auf das klebrige Parkett seines Zimmers.

Sein Glasauge leuchtete unheilvoll im Halbschatten und erhellte das Halstuch, das er gerade malte, mit gemeinem Licht; die Zeichnung, die ursprünglich ein im Schoße der Gebrüder Prévert weidendes Hindernis darstellte, nahm das Aussehen eines venezianischen Totenkopfs an, und der Major wußte, daß er am heutigen Tag eine schlechte Tat zu begehen hatte. Er erinnerte sich an die Party bei Léobille und kicherte wild in Dis mit einem falschen Ton, was weit mehr als genug seine erbärmlichen Talente zeigte. Als eine Flasche mit billigem Rotwein in sein Blickfeld kam, trank er in einem Zug den lauwarmen Rest klebriger Flüssigkeit aus und fühlte sich besser. Dann stellte er sich vor den Spiegel und bemühte sich, Sergej Andrejew Papanin in »Iwan der Schreckliche« ähnlich zu sehen. Es glückte ihm nicht, denn ihm fehlte der Bart. Dennoch war das Ergebnis ganz gut.

Der Major kicherte wieder und zog sich in sein Arbeitszimmer zurück, um die Sabotage der Party bei Léobille vorzubereiten, an dem er sich rächen wollte. Tatsächlich setzte Léobille seit einigen Wochen sehr tendenziös gefärbte Gerüchte über den Major in die Welt; er ging sogar soweit, zu behaupten, letzterer würde anständig.

Und das war eine ordentliche Strafe wert.

Der Major verstand sich recht gut darauf, alle Feinde, die seinen Weg kreuzten, seiner Gnade zu unterwerfen; und das einerseits dank seiner sehr schlechten Erziehung und andererseits aufgrund seiner angeborenen heimtückischen Veranlagung und seiner weit über dem Durchschnitt liegenden Bosheit.

(Nicht zu vergessen der schreckliche kleine Schnurrbart, den er lasterhaft auf seiner Oberlippe pflegte, indem er die Insekten von Angriffen darauf abhielt und ihn tagsüber mit einem Netz bedeckte, damit auch die Vögel von ihm fernblieben.)

Folubert blieb gerührt vor der Tür Léobilles stehen und steckte den Zeigefinger der rechten Hand in das kleine Loch der Klingel, die tief hinten hockte, denn sie schlief.

Die Handbewegung Foluberts schreckte sie aus dem Schlaf. Sie machte eine Kehrtwendung um sich selbst und biß Folubert, der in schrillem Ton zu kreischen begann, heftig in den Finger. Sofort öffnete Léobilles Schwester, die im Eingang lauerte, die Tür, und Folubert trat ein. Beim Hineingehen klebte ihm Léobilles Schwester ein kleines Stück Heftpflaster auf die Wunde und nahm ihm die Flasche ab.

Die Akkorde des Tonarms hallten fröhlich unter den Decken der Wohnung wider und umzingelten die Möbel mit einer leichten, helleren Musikschicht, die sie schützte.

Léobille stand vor dem Kamin und er sprach mit zwei Mädchen. Als er das zweite erblickte, wurde Folubert unruhig, und als Léobille ihm die ausgestreckte Hand hinhielt, durfte er sich seine Aufregung nicht anmerken lassen.

»Guten Tag«, sagte Léobille.

»Guten Tag«, sagte Folubert.

»Ich stelle dir«, sagte Léobille, »Azyme vor (das war das erste Mädchen), das ist Folubert, das ist Jennifer.«
Folubert verbeugte sich vor Azyme und senkte die Augen, als er Jennifer die Hand gab. Letztere trug ein rotgraugrünes Mooskreppkleid, rote Schlangenlederschuhe und ein sehr auffallendes Armband, das er sofort wiedererkannte. Ihre fuchsroten Haare bedeckten ihre Schultern, und sie war in allen Punkten dem Mädchen seines Traums ähnlich; natürlich waren die Farben lebendiger, aber das ist normal, denn ein Traum ereignet sich schließlich nachts.
Léobille schien sehr mit Azyme beschäftigt, während Folubert, ohne länger zu zögern, Jennifer einlud. Er fuhr fort, die Augen zu senken, denn vor ihm lenkten zwei sehr interessante Objekte seine Blicke unter ein wohlgeformtes Dekolleté, das sie bequem aus- und einatmen ließ.
»Sie sind ein alter Freund von Léobille?« sagte Jennifer.
»Ich kenne ihn schon seit drei Jahren«, präzisierte Folubert. »Wir sind uns beim Judo begegnet.«
»Sie betreiben Judo? Haben Sie schon in einem Kampf Ihr Leben verteidigt?«
»Hm...«, sagte Folubert verlegen. »Ich habe noch keine Gelegenheit gehabt... Ich schlage mich nur selten.«
»Haben Sie Angst?« fragte Jennifer ironisch.
Folubert verwünschte den Verlauf dieser Unterhaltung. Er versuchte sein Selbstvertrauen der letzten Nacht wiederzugewinnen.
»Ich habe Sie im Traum gesehen...«, wagte er sich vor.
»Ich träume nie«, sagte Jennifer. »Das erscheint mir wenig wahrscheinlich. Sie müssen mich verwechselt haben.«
»Sie waren blond...«, sagte Folubert am Rand der Verzweiflung. Sie hatte eine schmale Figur, und von nahem lachten ihre Augen fröhlich.
»Sie sehen«, sagte Jennifer, »das war nicht ich... ich bin fuchsrot...«
»Sie waren es...«, murmelte Folubert.

»Ich glaube es nicht«, sagte Jennifer. »Ich liebe Träume nicht. Ich mag lieber die Wirklichkeit.«
Sie blickte ihm direkt ins Gesicht, doch er senkte von neuem die Augen und er dachte nicht weiter darüber nach. Er preßte sie nicht zu dicht an sich, weil er sonst nichts mehr gesehen hätte.
Jennifer zuckte die Achseln. Sie liebte Sport sowie kühne und starke Kerle.
»Ich liebe Sport«, sagte sie, »und ich liebe kühne und starke Kerle. Ich mag keine Träume und ich bin so lebendig, wie man nur sein kann.«
Sie machte sich los, denn die Platte hörte mit einem fürchterlichen Bremsknirschen auf, weil Freund Léobille soeben den Bahnübergang ohne Vorwarnung geschlossen hatte. Folubert bedankte sich und hatte sie durch eine gewandte und bezaubernde Unterhaltung zurückhalten wollen, doch genau in jenem Augenblick, wo er im Begriff war, eine wahrhaft bezaubernde Formulierung zu finden, tauchte vor ihm ein baumlanger schrecklicher Kerl auf und umarmte Jennifer brutal.
Erschrocken ging Folubert einen Schritt zurück, doch Jennifer lächelte, und er fiel geschlagen in einen tiefen Ledersessel. Er war sehr traurig und er sagte sich, daß es schließlich eine herrliche Party wie alle anderen wäre, mit lauter hübschen Mädchen ... aber eben nicht für ihn.
Léobilles Schwester wollte gerade die Tür öffnen, blieb aber verdutzt stehen, als sie eine Detonation hörte. Sie preßte dämpfend eine Hand auf ihr klopfendes Herz, und die Tür gab unter dem heftigen Fußtritt des Majors nach.
Dieser hielt eine rauchende Pistole in der Hand, mit der er soeben die Klingel getötet hatte. Seine senffarbenen Socken waren eine Beleidigung für die ganze Welt.
»Ich habe dieses dreckige Biest umgebracht«, sagte er. »Den Kadaver könnt ihr wegwerfen.«
»Aber«, sagte Léobilles Schwester.

Dann brach sie in Tränen aus, weil die Klingel schon so lange bei ihnen war, daß sie zur Familie gehörte. Sie lief weinend in ihr Zimmer, und der Major vollführte erfreut einen Bocksprung, dann steckte er die Pistole wieder in die Tasche.
Léobille kam. Voller Unschuld reichte er dem Major die Hand. Der Major legte eine riesige Sauerei hinein, die er gerade vor der Haustür aufgehoben hatte.
»Zisch ab, Mensch«, sagte er mit zitternder Stimme zu Léobille.
»Sag mal... Du wirst doch nichts kaputtmachen...?«
»Ich werde alles kaputtmachen«, sagte der Major kalt und zeigte die Zähne.
Er näherte sich Léobille und durchbohrte ihm die Augenhöhlen mit einem unaushaltbaren Blick seines Glasauges.
»Mensch, du erzählst also, daß ich arbeite?« sagte er. »Du erzählst, ich würde anständig? Solche Sachen erlaubst du dir?«
Er atmete tief durch und brüllte.
»Mensch, deine Party, das kannst du dir gesagt sein lassen, wird ein wenig heiß werden!...«
Léobille erbleichte. Er hielt immer noch das Ding, das ihm der Major in die Hand gelegt hatte, und er wagte nicht, sich zu rühren.
»Ich... Ich wollte dich nicht ärgern...«, sagte er.
»Halt die Klappe, Mensch«, sagte der Major. »Für jedes Wort zuviel gibt es einen Zuschlag.«
Dann setzte er seinen rechten Fuß hinter Léobilles Beine, gab ihm einen brutalen Stoß, und Léobille sackte zusammen.
Die Gäste hatten kaum etwas bemerkt. Sie tanzten, tranken und plauderten und verschwanden paarweise in die leeren Zimmer, wie bei jeder gelungenen Party.
Der Major ging auf das Buffet zu. Nicht weit von dort grämte sich Folubert immer noch verzweifelt im Sessel. Im Vorbeigehen hob ihn der Major am Kragen seiner Jacke hoch und stellte ihn auf die Beine.
»Komm einen trinken«, sagte er zu ihm, »ich trinke nie allein.«

»Aber ... Ich trinke nie ... ich«, antwortete Folubert.
Er kannte den Major ein wenig und wagte nicht zu widersprechen.
»Los«, sagte der Major, »keine Widerrede!«
Folubert erblickte Jennifer. Glücklicherweise wandte sie den Kopf nach der anderen Seite und diskutierte angeregt. Unglücklicherweise allerdings standen drei Burschen um sie herum, und weitere zwei lagen ihr zu Füßen, während ein sechster sie von oben, von einem Schrank aus betrachtete.
Léobille war unauffällig wieder aufgestanden und wollte sich unauffällig entfernen, um die Ordnungshüter einzuschalten, doch er überlegte, daß er, Léobille, wenn die fraglichen Kräfte sich die Mühe gäben, in den Zimmern nachzusehen, riskierte, die Nacht auf der Wache zu verbringen.
Außerdem kannte er den Major und er konnte sich leicht denken, daß letzterer ihn nie weggehen lassen würde.
Tatsächlich überwachte der Major Léobille und warf ihm einen Blick zu, der ihn unbeweglich machte.
Dann zog er, wobei er Folubert immer noch am Kragen hielt, seine Pistole und köpfte, ohne zu zielen, den Hals einer Flasche. Alle Gäste wandten sich bestürzt um.
»Abhauen«, sagte der Major. »Die Männer abhauen; die Frauen können bleiben.«
Er reichte Folubert ein Glas.
»Trinken wir!«
Die Männer verließen die Mädchen und begannen wegzugehen. Dem Major widersetzte man sich nicht.
»Ich möchte nicht trinken«, sagte Folubert.
Er erblickte die Gestalt des Majors und trank schleunigst.
»Auf dein Wohl, Mann«, sagte der Major.
Die Augen Foluberts fielen plötzlich auf das Gesicht Jennifers. Sie stand da mit den anderen Mädchen in einer Ecke und sah ihn mit Verachtung an. Folubert fühlte seine Beine unter sich weggleiten.
Der Major leerte sein Glas in einem Zug.

Fast alle Männer hatten jetzt den Raum verlassen. Der letzte (er hieß Jean Berdindin, und das war ein kühner Bursche) ergriff einen schweren Aschenbecher und zielte auf den Kopf des Majors. Der Major erwischte das Ding im Flug und mit zwei Sätzen stürzte er sich auf Berdindin.
»Du... komm her«, sagte er.
Er zerrte ihn in die Mitte des Saales.
»Du wirst eins der Mädchen nehmen, welche du willst, du wirst es ausziehen« (die Mädchen wurden rot vor Schreck).
»Ich weigere mich«, sagte Berdindin.
»Mann, paß bloß auf!« sagte der Major.
»Alles, nur das nicht«, sagte Berdindin.
Der entsetzte Folubert goß sich automatisch ein zweites Glas ein und trank es in einem Zug.
Der Major sagte nichts. Er näherte sich Berdindin und ergriff seinen Arm. Dann drehte er ihn schnell um, und Berdindin flog in die Luft. Der Major nutzte diese vorteilhafte Stellung aus und riß ihm die Hose runter, während er zu Boden fiel.
»Los, Mann«, sagte er, »an die Arbeit«.
Er sah die Mädchen an.
»Meldet sich eine freiwillig?« sagte er lächelnd.
»Es reicht«, sagte Berdindin, der unüberlegt herumtaumelte und sich auf den Major zu stürzen versuchte. Es bekam ihm übel. Der Major hob ihn auf und warf ihn auf den Boden. Berdindin machte »wupp!« und blieb liegen und rieb sich die Rippen.
»Die Rothaarige«, sagte der Major. »Komm her.«
»Laß mich in Ruhe«, sagte Jennifer sehr blaß.
Folubert leerte sein viertes Glas, und die Stimme Jennifers traf ihn wie ein Donnerschlag. Er drehte sich langsam auf dem Absatz um und sah sie an.
Der Major näherte sich ihr, und mit einer schroffen Bewegung riß er ihr die Träger ihres grüngrauen Kleides runter. (Die Wahrheit gebietet mir zu sagen, daß die auf diese Art unverhüllten Schaustücke angenehm anzusehen waren.)

»Laß mich«, sagte Jennifer zum zweiten Male.
Folubert fuhr sich mit der Hand über die Augen.
»Das ist ein Traum!« murmelte er mit belegter Stimme.
»Komm her«, sagte der Major zu ihm. »Du wirst sie halten, während der Kerl in Aktion tritt.«
»Nein!« schrie Berdindin. »Ich will nicht! ... Alles, nur das nicht... Keine Frau!«
»Gut«, sagte der Major, »ich bin ein guter Major.«
Er ging wieder zu Folubert, ohne Jennifer loszulassen.
»Zieh dich aus«, sagte er, »und nimm dir den Kerl vor. Ich kümmere mich um sie.«
»Ich weigere mich«, sagte Folubert. »Und du kannst dir das bei Alfred vorführen lassen. Du fällst uns auf den Wecker.«
Der Major ließ Jennifer los. Er holte tief Luft, und seine Brust dehnte sich mindestens ein Meter fünfundzwanzig aus. Jennifer sah Folubert überrascht an, und sie wußte nicht, ob sie das Vorderteil ihres Kleides wieder hochziehen sollte, oder ob es klüger wäre, Folubert beim Anblick dieses Schauspiels zu Kräften kommen zu lassen. Sie entschied sich für die zweite Lösung.
Folubert erblickte Jennifer und wieherte. Er stampfte rasch auf der Stelle und packte den Major. Letzterer klappte, auf den Solarplexus getroffen, in dem Augenblick, wo sein Brustkasten sich zu dehnen aufhörte, mit einem fürchterlichen Krach zusammen. Er richtete sich fast sofort wieder auf, und Folubert nutzte das, um ihm einen ausgesprochen klassischen Judogriff zu verpassen, der im Vornüberziehen der Ohren über die Augen des Patienten bestand, während man ihm in die Nasenlöcher bläst.
Der Major wurde hellblau und erstickte. In diesem Augenblick brachte Folubert, dem die Liebe und der Aperitif zehnfache Kräfte verliehen hatten, seinen Kopf zwischen die Beine des Majors, hob ihn auf und stürzte ihn auf die Straße, mitten durch die Fenster des Salons, über den reich gedeckten Tisch hinweg.

In Léobilles Salon, in dem es wieder ruhig geworden war, entstand ein großes Schweigen, und Jennifer fiel, ohne ihr Kleid wieder hochzuziehen, in die Arme Foluberts, der hinstürzte, denn sie wog gute sechzig Kilo. Glücklicherweise stand der Ledersessel hinter ihm.

Was den Major betrifft, sein Körper bewegte sich rasch in der Luft, und dank einiger gewandter Umdrehungen gelang es ihm, sich wieder ins Gleichgewicht zu bringen; aber er hatte das Pech, in ein rotschwarzes Taxi mit offenem Dach zu fallen, das ihn weit weg fuhr, ehe er Zeit hatte, sich darüber klar zu werden.

Als er sich darüber klar geworden war, ließ er den Chauffeur aussteigen, indem er ihm mit letzter Bosheit drohte, und ersteuerte das Taxi in Richtung seiner Wohnung, Villa Löwenherz.

Und dann ermordete er, weil er sich nicht geschlagen geben wollte, durch Zermalmen einen alten Händler der vier Jahreszeiten, drei davon ohne Gewerbeschein, glücklicherweise.

Und während des ganzen restlichen Abends beschäftigten sich Folubert und Jennifer damit, das Kleid der letzteren wieder in Ordnung zu bringen. Sie hatte es abgelegt, damit es bequemer war, und Léobille stellte ihr dankbar aus gegebenem Anlaß sein eigenes Zimmer zur Verfügung und das elektrische Bügeleisen aus chinesischem Email, das er von seiner Mutter hatte, die es von ihrer Großmutter hatte und das man in seiner Familie von Generation zu Generation seit dem Ersten Kreuzzug weitergab.

Abschweifung

Es ist äußerst deprimierend, wenn man sich aus Versehen auf einer Party befindet, die einen Fehlstart hat.
Denn der Hausherr – oder die Hausherrin – steht mit zwei oder drei zu früh gekommenen Freunden im Raum, ohne das geringste hübsche Mädchen, denn hübsche Mädchen kommen immer zu spät.
Es ist genau der Augenblick, den sich der jüngere Bruder für seine gewagten Vorführungen aussucht – nachher wird er sich nicht mehr trauen. Und vor allem hat man ihn dann eingesperrt.
Und man sieht zu, wie diese zwei oder drei Unglücklichen in dem Raum mit dem frisch gewachsten Fußboden plastische Stellungen einnehmen, indem sie diesen oder jenen nachahmen – aber diese können wirklich tanzen.
Auch sie werden sich nachher nicht mehr trauen...
Stell dir nun vor, daß du später gekommen bist. Wenn das Fest auf vollen Touren ist.
Du kommst herein. Die guten Kumpels schlagen dir auf den Rücken. Die andern, denen du nicht die Hand drücken willst, tanzen bereits – sie tanzen immer, und deshalb bist du nicht ganz mit ihnen einverstanden – und auf einen Blick siehst du, ob irgendwelche verfügbaren Mädchen da sind. (Ein Mädchen ist verfügbar, wenn es hübsch ist.) Wenn welche da sind, ist alles in Ordnung: die Party hat erst angefangen, sie sind noch nicht sehr oft zum Tanzen aufgefordert und auch nicht sehr gefährlich ausgebeutet worden, denn die Burschen, die allein gekommen sind – zum größten Teil aus Schüchternheit – haben noch nicht genug getrunken, um sich Schwachheiten herauszunehmen.
Du brauchst allerdings nicht zu trinken, um dir Schwachheiten herauszunehmen, deshalb kommst du immer allein.
Versuch nicht geistreich zu tun. Die Weiber verstehen das nie.

Und die, die es verstehen, sind schon verheiratet.
Sieh zu, daß sie mit dir trinkt. Das ist alles.
Du hast dann Gelegenheit, Wunder an Gerissenheit zu entfalten, um eine Flasche mit irgendwas aufzutreiben.
(Du holst sie ganz einfach aus dem Versteck, auf das du gerade irgendeinen Neuankömmling hingewiesen hast, der nicht ganz im Bilde ist.)
Versteck sie in deiner Hose. Nur der Flaschenhals schaut aus dem Gürtel. Kehr zu deinem Opfer zurück. Mach ein harmloses Gesicht, mit einem Anflug von Geheimniskrämerei. Nimm sie am Arm, selbst um die Taille, und sag ganz leise zu ihr: »Sehen Sie zu, daß Sie ein Glas finden, ein einziges genügt für uns beide, ich habe was aufgetrieben... Pst...«
Dann schleich dich heimlich in das Zimmer nebenan. Es läßt sich abschließen? Sieh an! So ein Zufall! Der Admiral ist drin. Er ist ein Kumpel. Natürlich ist er nicht allein. Du klopfst an die Tür, dreimal kurz und einmal lang oder siebenmal mittel und zweimal kurz, je nach der mit dem Admiral getroffenen Vereinbarung. Sobald du im Zimmer bist, schließ die Tür schnell wieder ab und schiel nicht allzu auffällig zum Admiral hinüber, der wieder in die vorderste Linie rückt. Er kümmert sich nicht um dich, da er ganz in Anspruch genommen ist von dem heiklen Manöver, das darin besteht, seine Hand geschickt im Seitenschlitz des Rocks seiner Partnerin unterzubringen, eines intelligenten und intelligent gekleideten Mädchens. Hol deine Flasche, die dir kalt am Bein ist, ohne übertriebene Vorsichtsmaßregeln hervor, denn der Admiral hat selber eine. Bleib in der Nähe der Tür, damit du sie anklopfen hörst, wenn sie zurückkommt...
Aber sie kommt nicht zurück...
Um dich von diesem Schock zu erholen, mußt du die Flasche entkorken. Trink einen anständigen Schluck aus der Flasche. Aber aufgepaßt! Nicht mehr als die Hälfte! Vielleicht bleibt noch eine Hoffnung...
Poch! Poch! Es klopft an der Tür...

DU (brutal, um sie Mores zu lehren): »Hätten Sie sich nicht etwas beeilen können?«
SIE (zum Schein überrascht und ziemlich zufrieden): »Sind Sie aber böse!«
DU (sie leicht an der Taille an dich heranziehend): »Aber nein, ich bin nicht böse... das wissen Sie doch genau...«
SIE (tut so, als mache sie sich frei, was dir Gelegenheit bietet, dir so nebenbei die rechte Brust anzusehen): »Aber aber, seien Sie brav...«
DU (immer noch mit der rechten Brust beschäftigt, dabei ostentativ an etwas anderes denkend und sehr unbefangen): »Haben Sie das Glas?«
SIE (zeigt triumphierend einen Fingerhut vor): »Na klar, hier ist es!«
(Sie fährt fort): »Verstehen Sie, Jacques hat mich zum Tanzen aufgefordert, und ich konnte ihm keinen Korb geben...«
DU (mürrisch): »Wer ist denn Jacques?«
SIE: »Jacques ist eben Jacques! Es ist der Junge, mit dem ich hergekommen bin!«
DU: »Ach, dieser Kretin mit dem strohblonden Haar?«
SIE: »Erstens ist er sehr nett und zweitens hat er kein strohblondes Haar...«
DU: »Mit andern Worten, Sie mögen sein strohblondes Haar...«
SIE (kokett und lachend): »Na klar!«
DU (verärgert, denn du bist dunkelhaarig): »Das ist eben Geschmacksache...«
SIE: »Seien Sie doch nicht dumm...«
(Sie lacht und rückt ein klein wenig näher, wobei sie mit angewinkeltem Arm ihre rechte Hand auf deinen linken Bizeps legt. Du legst den rechten Arm um sie und drückst sie ein wenig und sagst:)
»Aber Sie trinken ja nicht?«
»Aber Sie haben mir ja nichts gegeben.«
Darauf schenkst du mit der linken freien Hand ein, ihr trinkt

zusammen, und du schüttest dir alles auf die Krawatte. Du hast kein Taschentuch bei dir. Angeekelt setzt du dich auf den einzigen freien Sitz (der Admiral hat fast das ganze Sofa in Beschlag genommen). Vor dir stehend, reibt sie deine Krawatte mit ihrem Taschentuch ab.

»So ist es bequemer, Sie sind so groß...«

Sie dreht sich ein wenig, um dir ihre linke Seite zuzukehren, und ein ganz leichter Stoß genügt, damit sie auf dein rechtes Knie fällt.

Das übrige hängt von deiner jeweiligen Inspiration ab.

Schließlich gibt sie dir eine ergreifende Beschreibung der Art Jungens, die sie mag, nachdem sie sich zuerst deine Augen angesehen hat, um nicht braun zu sagen, wenn deine blau sind.

Das geschieht auf Partys, auf denen du nicht gleich von Anfang an von der echt extravaganten Visage einiger Möglichkeiten abgestoßen wirst.

Dieser Fall kann vorkommen. Die Technik wird dadurch äußerst kompliziert.

Anmerkung:

Es handelt sich immer um jene anständigen Partys, auf denen man als Einzelpaar bumst, und auch nur in Räumen, die mindestens durch einen Vorhang von dem Zimmer getrennt sind, in dem getanzt wird.

Die anderen Partys sind bei weitem nicht so interessant und führen nie zu den Ergebnissen, die sich erzielen lassen, wenn man sich an die Profis dieser Sportart wendet.

Notzuchtfisch

Ein Pottwal, der so gern Entjungferung betrieb,
Genoß im ganzen Meer den zweifelhaften Ruf,
Ein Lüstlingsmolch zu sein, ein Leidenschaftsvesuv.
»Sobald in deiner Näh' der Pottwal macht: piep, piep!

Versprich Neptun sogleich ganz brav zu sein«, spontan
Empfahlen ihrem Kind die Eltern namens Fisch.
Doch ein Delphin, er war ein wenig prahlerisch,
Sprang eines schönes Tags das Ungeheuer an.

Ihn leider drauf verfolgt sein Gegner, der so hart,
Er bietet dem Pirat nicht Trotz noch Widerpart.
Erleidet, welch ein Los, 'nen Schimpf, der schändlich ist.

Das Meer verschlingt ihn dann, es ist auf ihn erpicht,
Und er ist ganz zerstört durch diesen schlimmen Zwist:
Der Pottwal bumst solang, bis der Delphin zerbricht.

Es war ein männlicher Pottwal und ein weiblicher Delphin. Das Gegenteil wäre für den Delphin bei weitem nicht so gefährlich gewesen und für den Pottwal bei weitem nicht so angenehm.

Der Impotente

1 Allabendlich kam in den Buchladen des Clubs Saint-Germain-des-Prés ein eleganter junger Mann, der sich Aurèle Verkhoïansk nannte und als Existenzialist bezeichnete; daran sieht man, daß er an einem leichten Minderwertigkeitskomplex litt, aber er verbarg ihn nach besten Kräften unter einem bestickten Skapulier und versäumte nicht, sobald ein hübsches Mädchen auf der Bildfläche erschien, ihr den Hintern zu tätscheln und mit ihr so spitz und nasal herumzualbern wie einer, der echt andersrum ist. Aurèle bezog von seinen Eltern einen stattlichen Monatswechsel, dank dessen er sein Studium fast fleißig absolvieren und nichtsdestoweniger im Saint-Germain eine gute Figur abgeben konnte, wo, wer nichts trinkt, schlecht angesehen ist (die Bemühung um Wahrheit gebietet zu sagen, daß es dort schon genügt, Perrier oder ungefährliche Säfte zu trinken, um den Ruf eines Gentleman zu haben: Alkoholismus ist keine Tugend mehr; trinken ist alles, wenns auch nur Milch ist). Aurèle trank daher oft und hatte sich mit dem Barkeeper Louis Barucq angefreundet, einer ausgesprochen fesselnden Persönlichkeit, dessen Abwesenheit sonntags von den Stammgästen des Buchladens einhellig beklagt wurde; aber deshalb mußte sich Louis ja trotzdem mal ausruhen. Fügen wir noch hinzu, daß die Schwester von Louis, eine berühmte Haarkünstlerin namens Lisette, manchmal in die Bar kam und daß sich Aurèle in sie verliebt hatte; vielleicht liegt hier der Ursprung der Geschichte, die Sie gleich lesen werden; die Diskretion, mit der Aurèle die wahren Gründe für sein unwahrscheinliches Verhalten verbarg, verwehrt es uns jedoch, in dieser Richtung mit der erwünschten Gewißheit Schlüsse zu ziehen.

Eines Abends also quatschte Aurèle, der an der Bar des Buchladens auf einem der hohen grünen Barhocker saß, die immer kaputt sind, mit Louis. Es war elf Uhr, und weil kein Hochbetrieb mehr war, genehmigte sich Louis mit Aurèle einen »Manneskraft mit Erdbeersaft«, der wie der »Alexandra« gemixt wird, nur nimmt man statt Crème de Cacao die gleiche Menge »Erdbeer-Schlager« aus dem Hause L'Héritier-Guyot; also: ein Drittel Crème fraîche, ein Drittel Cognac, ein Drittel Crème de Fraise, mit Eis in einem Shaker mixen, eingießen und nach Herzenslust pfeffern. Da Crème fraîche schwer zu kriegen war, ersetzte Louis sie durch gezuckerte Kondensmilch, und es wurde nichtsdestoweniger ein erfreuliches Gesöff. Aurèle hatte gerade seinen sechsten »Manneskraft mit Erdbeersaft« drin und begann, seine Nachbarin mit schmachtenden Blicken anzustarren, eine bezaubernde Brünette mit Rehaugen, die allen Ernstes ihren elften Fine trank und sich fragte, wie das wohl enden würde, denn die beiden Freunde, die sie begleiteten, waren schon elend besoffen. Als Louis sah, wie die Leidenschaft Aurèles Blick trübte, schaltete er sich ein.

»Fräulein Miranda...«

»Ja?« fragte die Schöne, die Miranda Chenillet hieß.

»Darf ich mir erlauben, Ihnen einen meiner treuesten Kunden vorzustellen...«

»Jetzt mach aber mal einen Punkt«, unterbrach Aurèle, »ich bin der Erfinder des ›Manneskraft mit Erdbeersaft‹, und du nennst mich nicht mal deinen Freund?«

»Oh! Ich bitte um Entschuldigung«, sagte Louis, »aber Fräulein Miranda hat sicher schon verstanden, daß ich ihr nicht irgendjemanden vorstellen würde.«

Aurèle betrachtete mit wachsender Verwirrung das Dekolleté seiner Nachbarin, das den Busen anhob und ohne augenscheinliche Mühe das Mieder hielt.

»Guten Abend«, sagte Miranda und wandte sich Aurèle zu. »Sind Sie besoffen?«

Das schockierte Aurèle ein wenig. Er glaubte, trinkfest wie ein Großer zu sein.

»Sieht man das?« fragte er pikiert.

»Kein bißchen«, sagte Miranda. »Das wollte ich damit nicht sagen, aber die da sind besoffen, und weil mich das nervt, spreche ich darüber.«
Sie zeigte auf ihre Freunde.
»Kurz und gut«, mischte sich Louis ein, geschickt wie immer, »Fräulein Miranda fragt dich, ob du sie nach Hause begleiten könntest.«
»Haben Sie ein großes Bett?« fragte Aurèle Miranda.
Im Saint-Germain-des-Prés kehrt man gern mit Worten den Libertin raus, aber das schockiert keinen.
»Sicher«, antwortete Miranda und ging auf das Spiel ein; »aber wissen Sie, die Sache hat einen Haken, ich bin völlig frigide.«
»Das trifft sich ja gut«, sagte Aurèle und gab sich alle Mühe, seinem Gesicht den Ausdruck des Gleichgesinnten zu verleihen. »Ich bin nämlich impotent. Aber echt, so was von totaler Impotenz.«
Louis, der ihnen mit einem gütigen Lächeln zuhörte, sah, daß es nicht hätte besser laufen können, und kümmerte sich um das Wohl seiner anderen Gäste.
Aurèle musterte Mirandas Gesicht. Sie hatte einen hübschen, matten Teint, eine leichte Stupsnase, halblange Haare im Gegensatz zur herrschenden Mode, einen kaum konturierten, aber vielleicht gerade deshalb anziehenden Mund. Da er sie hatte gehen sehen, wußte er außerdem, daß sie groß und schlank war, und er stellte in diesem Augenblick fest, daß ihre langen, dünnen Finger nicht den unregelmäßigen Charme des Ganzen beeinträchtigten. Tollkühn geworden durch den »Manneskraft mit Erdbeersaft«, wagte er, sich Mirandas rechter Hand zu bemächtigen und führte sie an seine Lippen. Sie zog ihre Hand nicht zurück.
»Wissen Sie«, sagte er, »daß es köstlich ist, miteinander ins Bett zu gehen, ohne was zu machen?«
»Na klar weiß ich das«, sagte Miranda.
»Der eine neben dem anderen ...«, sagte Aurèle.

»Völlig nackt...«, sagte Miranda.
»Man berührt sich nicht...«, sagte Aurèle.
»Doch ... man berührt sich kaum ... man streift sich leicht.«
»Man küßt sich nicht«, sagte Aurèle.
»Oh doch!« protestierte Miranda. »Man küßt sich die ganze Zeit. Wozu soll das Ganze denn sonst gut sein? Wenn man frigide ist, ist das doch noch lange kein Grund, sich nicht zu küssen...«
»Aber sonst wird nichts gemacht...«, versicherte Aurèle.
»Sonst nichts«, bestätigte Miranda.
Aurèle fischte vom Boden seines Glases das kleine Stückchen Eis und hielt es zwischen seinen Fingern fest. Als diese schön kalt waren, trocknete er sie mit seinem Taschentuch ab und sah Miranda an. Es gab da ein Stückchen Haut zwischen dem Kragen ihres Kostüms und ihrem Ohrläppchen. Dorthin setzte er seinen Zeigefinger. Miranda erschauerte heftig und neigte ihren Kopf auf ihre Schulter, um Aurèles Hand einzuklemmen, der schon Anstalten machte, sie zurückzuziehen.
»Das ist die Art Dinge, die ein Impotenter gern tut«, sagte Aurèle. »Denken Sie bloß, daß ich Sie absolut überall so berühren könnte.«
Miranda sah ihn voller Spannung an. Dann zog sie ihn zu sich und pflanzte ihm einen Kuß, Marke unvergeßlich, auf die Lippen, in Technicolor und 3-D, wohlriechend, samten, perfekt. Aurèle mußte sich eingestehen, daß seine intimen Reaktionen nicht gerade die eines Impotenten waren, aber im Bestreben, einem solch schätzenswerten Mädchen gegenüber mit offenen Karten zu spielen, begann er freiwillig, an Paul Claudel zu denken und beruhigte sich fast augenblicklich. Gide hob er sich für noch schwierigere Momente auf.
»Nun wohl«, sagte er, »im Grunde glaube ich, haben Sie mit der Frigidität und ich mit der Impotenz den wahren Weg zur Wollust gewählt.«
Er war nicht unzufrieden mit seinem Satz, und war es noch viel weniger, als er sah, daß Miranda aufstand.

»Bringen Sie mich zu mir nach Hause...«, sagte sie.
Er erhob sich, half ihr in ihren roten Mantel und folgte ihr bis zur Tür, die er weit aufriß.
»Wiedersehen, Louis«, schrie Aurèle.
Dann schwang die Tür des Clubs mit ihren Butzenscheiben auf ihren Platz zurück, und Aurèles letzter Blick galt Tony, einem alten Kunden, der wie immer allein an einem kleinen Tisch saß, ihn mit einem breiten Lächeln anlächelte und sich selbst streng vertrauliche Geschichten erzählte, wobei er voller Überzeugung mit dem Schädel wackelte.

2

»Wir sind da...«, sagte Miranda.
Das Taxi hielt an. Aurèle bezahlte, gab ein dickes Trinkgeld und holte die Brünette ein, als sie gerade im Treppenhaus angelangt war.
»Ich wohne im dritten Stock«, sagte sie.
»Ausgezeichnet«, sagte Aurèle.
»Sind Sie denn wenigstens auch wirklich impotent?«
»Ich versichere es Ihnen«, sagte Aurèle.
Und er hatte die feste Absicht, anständig zu bleiben. Übrigens hatte sich Paul Claudel noch nie seiner Mission entzogen.
Er folgte Miranda in ihr Schlafzimmer. Dort war es schön warm. Sie entledigte sich ihres Mantels und ihrer Schuhe.
»Wollen Sie etwas trinken? Einen Kaffee?«
»Das hindert mich am Einschlafen«, sagte Aurèle, »und es besteht die Gefahr, daß es mich aufregt.«
»Ziehen Sie sich aus und legen Sie sich ins Bett«, sagte Miranda. »Ich komme gleich nach.«
Aurèle zog seine Schnürsenkel auf und verstaute die Schuhe unterm Bett, dann zog er sein Jackett, seine Krawatte und seine Hose aus, faltete sie auf der Rückenlehne eines Stuhls zusammen und legte Jackett und Krawatte darauf, sein Hemd,

seine Strümpfe und seinen Slip Marke Extrahart, und er kam sich sehr ausgezogen vor. Wenn er vermied, an Miranda zu denken, gelang es ihm, in dezentem Zustand zu bleiben, wenn auch wohlproportioniert.

Miranda rief ihn aus dem Badezimmer. »Liegen Sie schon?«

»Ja«, sagte Aurèle und verkroch sich unter die Bettdecke, zwischen die Laken, um es genau zu sagen.

Miranda kam zurück. Sie war mit einem kleinen Band bekleidet, das ihre glänzenden Haare im Nacken zusammenhielt. Aurèle bemerkte den harten und flachen Bauch, die quicklebendigen Brüste und die Oberschenkel, die, wo sie sich trafen, elegant von einem äußerst gepflegten Astrachan-Dreieck bekleidet waren.

Aurèle, beunruhigt über seinen Compagnon, der dazu ansetzte, mit der Bettdecke Strandzelt zu spielen, beschwor den »Seidenen Schuh« herauf.

Der Zauber wirkte augenblicklich, und der Riemen entspannte sich.

Miranda schlüpfte neben Aurèle.

Ach je, das war für ihn wie ein elektrischer Schlag. Nie hätte er gedacht, daß das Mädchen eine so weiche Haut hatte. Er grunzte.

»Küssen Sie mich«, sagte Miranda. »Wir gehen ja kein Risiko ein, wenn wir uns mal küssen, und sofort will ich noch nicht schlafen.«

Aurèle rückte von ihr ab, so gut er vermochte, und küßte sie schüchtern auf die Wange. Sie nahm seinen Kopf in beide Hände und klebte ihren Mund auf den des jungen Mannes. Aurèle fühlte, wie ein lebhafter Dämon das Gatter seiner Zähne durchdrang, und er begann, sich im Geiste den Anfang von »Mariä Verkündigung« aufzusagen.

Das war ein wohltuendes, eisiges Bad für seine erhitzten Lenden. Er wagte, Mirandas Küsse zu erwidern, und merkte, daß sie bei genauerer Analyse noch gewannen. Aber er genoß sie nur mit dem Kopf, sein Körper blieb ruhig.

Miranda versuchte jedoch, sich ihm mehr zu nähern, und Aurèle spürte bereits, wie die harten Spitzen ihrer Brüste seinen Oberkörper streiften.
Daß er bei dieser Berührung lebhaften Genuß empfand, warf sich Aurèle ganz einfach vor, und um sich zu bestrafen, kramte er aus seinem Gedächtnis die ersten Zeilen von »Die enge Pforte« hervor.
Dieses Mal erschien ihm die Wirkung fast zu brutal. Es gab da doch trotz allem eine Steigerung, die man zu respektieren hatte. Er kam zu Claudel zurück, rief sich Hervé Bazin ins Gedächtnis und hob sich Gide als Reserve auf.
Aber Miranda schob einen ihrer langen Oberschenkel zwischen die Knie Aurèles, der sich dem Tode nahe glaubte. Unerbittlich tauchte sein Sekundant aus dem Schlaf wieder hoch.
Die Dosierung Gide-Claudel war entschieden die schwierigste Operation, die Aurèle je unternommen hatte. Mit großer Mühe erweckte er Nathanaël und »Uns nährt die Erde« zum Leben, konnte aber nur eine vorübergehende Entspannung erzielen.
Miranda flüsterte ihm zärtliche Dinge zu.
»Es ist verrückt, wie gern ich mit einem Impotenten ins Bett gehe«, sagte sie leidenschaftlich neben dem Ohr des Unglücklichen, das sie ganz leicht biß und behutsam küßte.
Aurèle, trunken von so viel Liebe, hätte sich gern auf der Höhe der Situation gezeigt, asexuell wie ein Holzklotz, aber die plötzliche Berührung von Mirandas charmantem Bauch mit dem seinen verringerte die Verwüstungen einer prachtvollen Passage, die den »Falschmünzern« entnommen war, auf ein Nichts. Von nun an entzog sich sein Schlachtroß dem Zügel und versuchte, höchstpersönlich den Platz einzunehmen, auf den es ein Recht zu haben glaubte.
Miranda bemerkte das und protestierte.
»Hören Sie mal, Aurèle, ich hatte Sie für einen ernsthaften jungen Mann gehalten.«

»Aber«, stotterte Aurèle, »Miranda, liebe Freundin, ich schwöre Ihnen, ich tue, was ich kann.«
»Aber wirklich, mein Lieber!... nehmen Sie doch etwas Brom.« Worauf sie sich losmachte und dem armen Wortbrüchigen den Rücken zukehrte. Letzte Hoffnung... Aurèle memorierte »Der Durst« von Herrn Bernstein und konnte, auf der Stelle zu Eis erstarrt, mit augenscheinlich gutem Willen seine Sache vertreten. Er näherte sich Miranda wieder; aber ach, just in der Sekunde, da seine Oberschenkel den charmanten doppelten Erdball streiften, der dazu bestimmt ist, die Barbarei einer sitzenden Haltung abzumildern, die der Natur des Menschen nicht entspricht, der der Länge nach gebaut ist und eigentlich liegend leben müßte, da belebte sich der Rebell von neuem. Mit einem Gefühl der Lächerlichkeit befreite sich Aurèle aus den Laken und stand auf. Miranda schmollte.
»Miranda, meine Teure«, sagte Aurèle mit größter Offenheit, »ich weiß, wie anwidernd mein Benehmen für Sie ist. Ich schwöre Ihnen, daß es nicht mit Vorbedacht geschah. Nachdem ich kürzlich Grund zur Besorgnis hatte, konnte ich zu Recht annehmen, daß sich mein Körper, wie schon mein Geist, ohne Anstrengung gegen das Tierische der gewöhnlichen körperlichen Liebe auflehnen würde: Heute abend nach unserer Begegnung habe ich geglaubt – und glaube weiterhin –, daß die höchste Form der Leidenschaft diejenige ist, die einen Impotenten an eine frigide Frau fesseln kann. Sie sind frigide; eine Frau, so scheint es, erwirbt dabei weniger Verdienste als ein Mann, der gezwungen ist, gegen gewisse nervöse Capricen seines Organismus zu kämpfen, die wirkungsvoll zu verbergen ihm schwerfällt. Aber von nun an werden alle meine Bemühungen auf jene Schlaffheit gerichtet sein, die mich Ihrer Zärtlichkeiten würdig macht. Ich verlasse Sie: ich will nicht, daß dieser Abend, der so rein begonnen hat, in der Schande und der widerwärtigen Promiskuität der Geschlechter zu Ende geht. Leben Sie wohl, Miranda – ich handele im Interesse unserer Liebe.«

Er zog sich würdevoll wieder an. Miranda rührte sich nicht, aber als er fertig zum Gehen war, setzte sie sich im Bett auf. Das Licht der Nachttischlampe spielte in ihrem dichten Haar, heiße Schatten werfend, und ihre Brüste, die zu verhüllen ihr als reiner Seele nicht einfiel, zogen mit den Spitzen ihrer rosigen Warzen Liebkosungen so unwiderstehlich an wie ein Blitzableiter den Blitz. Zwei Tränen rollten über ihre matten Wangen, und sie versuchte zu lächeln.
»Aurèle, mein Liebling«, sagte sie, »ich vertraue auf Sie.«
Von den Worten seiner Geliebten entflammt, stürzte Aurèle aus dem Zimmer und schlug sich im dunklen Treppenhaus die Schnauze auf, denn es war vier Uhr morgens, und der Strom war längst abgeschaltet.

3

Der Chirurg kratzte sich zweifelnd an der Nase. Die Operation lag etwas außerhalb des Normalen, fand er.
»Mein lieber Herr«, sagte er zu Aurèle, »ich will Ihnen gestehen, daß das, was Sie da von mir verlangen, recht unüblich ist. Sie sind kräftig gebaut«, fügte er hinzu, während er das zwiefache Objekt der Auseinandersetzung in der Hand wog, »und mit diesen Dingern da könnten Sie einen Haufen Kinder haben.«
»Doktor«, sagte Aurèle schlicht, mit einem Schluchzen in der Stimme, »mein Glück hängt davon ab.«
»Aber erlauben Sie die Frage, warum?« sagte der Chirurg und ließ, was er zu operieren verweigerte, nur mit Bedauern wieder los.
Aurèle zog Slip und Hose wieder hoch.
»Die Frau, die ich liebe«, sagte er, »wünscht von einem Impotenten geliebt zu werden.«
Der Doktor kratzte sich am Kopf.
»Ha!« sagte er. »Nun, wenn ich Ihnen das da alles abschneide, werden Sie selbstverständlich zur Fortpflanzung nicht mehr imstande sein, aber das wird nichts daran ändern, daß Sie

weiterhin alle äußeren Anzeichen der Männlichkeit vorweisen… wie soll ich sagen… Manneszierde inbegriffen.«
»Oh!« sagte Aurèle, völlig niedergeschlagen.
»Hören Sie«, sagte der Doktor, »ein gutes Mittelchen…«
»Nichts beruhigt mich, Doktor«, sagte Aurèle. »Nicht mal Bernstein.«
»Oh«, sagte der Doktor, »ein gutes Gummi, wissen Sie…«
»Hm…«, sagte Aurèle.
»Halt«, sagte der Doktor. »Ich habe die Lösung. Bevor Sie zu Ihrer Flamme gehen, gabeln Sie sich doch eine ganz normale Kleine auf und toben Sie sich eine Stunde an ihr aus.«
Aurèle dachte nach.
»Genial!« sagte er. »Für Miranda werde ich es tun.«

4 Miranda empfing ihn in der Haltung der Venus von Botticelli. Zwar fehlte die Jakobsmuschel und die Haare waren kürzer, aber die Illusion war und blieb vollkommen. Aurèle war gerade dreimal über den Körper einer sanften Freundin gegangen, deren tierische Veranlagung nach gewöhnlicher Liebe verlangte. Er fühlte sich gerädert.
»Liebling!« sagte Miranda, als sie ihn erblickte. »Du bist also soweit!«
Aurèle stieg umgehend ins Bett und kuschelte sich in die Arme Mirandas, die ihn mit einem gekonnten Kuß fast der Sinne beraubte.

5 Er wachte gegen elf Uhr morgens auf, unsäglich zerschlagen. Er lag allein im Bett.
Fast im gleichen Augenblick sah er sie aus dem Bad kommen. Sie war mit blauen Flecken übersät. Sie warf sich auf ihn.
»Mein Liebster«, sagte sie, »durch dich habe ich das Glück kennengelernt. Komm, wir heiraten!«
»Ich… was…«, sagte Aurèle.

»Ich liebe dich«, sagte Miranda. »Weißt du...« Sie errötete.
»Weißt du, wie oft du mich heute nacht geliebt hast«, beendete sie.
Aurèle hob verneinend den Kopf, und Miranda hielt beide Hände hoch, mit weggeklappten Daumen.
»Eins, zwei, drei,... vier...«, zählte Aurèle.
Bei acht wurde er nachträglich ohnmächtig. Bevor er das Bewußtsein verlor, hörte er gerade noch, wie Miranda ausrief: »Endlich! Mein Traum wird wahr ... einen Impotenten heiraten!«
Was alles in allem nicht schwierig ist: im Saint-Germain-des-Prés wimmelt es nur so davon, wie diese wahre Geschichte beweist.

Die Glücksritter

1 Clams Jorjobert betrachtete seine Frau, die hübsche Gaviale, wie sie der Frucht ihrer Liebesnächte die Brust gab, einem drei Monate alten strammen Baby weiblichen Geschlechts, aber das ist im übrigen für den weiteren Verlauf der Ereignisse kaum von Bedeutung.

Clams Jorjobert hatte elf Francs in seiner Tasche, und das war am Tag, bevor die Miete fällig wurde; aber um nichts auf der Welt hätte er die Matratze mit Tausenderscheinen angerührt, auf der sein ältester Sohn schlief, der am zwölften April elf wurde. Clams behielt immer nur kleine Banknoten und Münzen bis zum Wert von zehn Francs bei sich und legte den ganzen Rest auf die Seite, was bewirkte, daß Jorjobert in genau diesem Moment nur elf Francs und einen wachen Sinn für die Verantwortlichkeit von Neugeborenen zu besitzen glaubte.

»Es wäre trotz allem an der Zeit, daß dieses Kind, gegen das ich überhaupt nichts habe, das aber immerhin auf seinen vierten Monat zugeht (sagte er), sich nützlich zu machen begänne...«

»Nun hör mal zu«, entgegnete seine Frau, die hübsche Gaviale, »könntest du nicht wenigstens warten, bis sie sechs (Monate) ist? Man soll Kinder nicht zu früh arbeiten lassen, das verbiegt ihnen das Rückgrat.«

»Das stimmt«, sagte Jorjobert, »aber da gibt es doch sicher einen Ausweg.«

»Wann kaufst du mir einen Wagen, um sie auszufahren?« sagte Gaviale.

»Ich werde dir aus einer alten Seifenkiste und Rädern von einem Packard einen basteln«, sagte Jorjobert. »Das kostet weniger und ist sehr schick. In Auteuil kutschieren alle kleinen Mädchen... in... Gottseidank!« schloß er. »Eben habe ich den Ausweg gefunden...!«

2 Die hübsche Gaviale passierte gerade gemessenen Schritts das riesige Hauptportal der Liegenschaft sechs von Nummer 170 der Avenue Merdozart, wie Caroline Lampion sagen würde, jener bekannte belgische Schlagerstar. Auf der linken Seite befand sich ein langer, mit schwarzen und weißen Fliesen ausgelegter Gang, das Treppenhaus war mit einem massiven schmiedeeisernen Geländer ausgestattet, und unter dem Anfangsstück der Geländerspirale, die einen Louis-X.-Aufzug mit dem Schild Boulle (was allerdings ein Versehen war) umschloß, warteten zwei prächtige, mit weißem Kaninchenfell ausgelegte Kutschen von den Gebrüdern Bonnichon und von Mape & Comp. auf das Herunterkommen der Sprößlinge der berühmten Familie Bois-Zépais de la Quenelle (die erste) und Marcelin du Congé (die zweite Kutsche).

Die Länge des vorangegangenen Satzes erlaubte der hübschen Gaviale, sich dahinter zu verstecken und an der Loge der Concierge ungesehen vorbeizukommen. Es muß hinzugefügt werden, daß die hübsche Gaviale, die einen eleganten Nju-Luck-Rock anhatte, den ein Spitzenunterrock (den ihrer ersten Kommunion) noch an Länge übertraf, in ihren Armen zärtlich die Tochter hielt, welche ihr der Herrgott als Folge eines geschickten Kontaktes mit Clams Jorjobert, ihrem Gatten, geschenkt hatte.

Die hübsche Gaviale entschied auf den ersten Blick, daß die Kutsche des jungen Bois-Zépais in besserem Zustand als die des jungen du Congé war. Was genau stimmte, denn der letztere pinkelte jedes Mal, wenn seine Zofe einem Pferd begegnete, vom Ekel gepackt in die seine hinein. Eine seltsame Reflexhandlung; denn sechs Jahre später starb der Vater des jungen du Congé, der sich auf Rennplätzen völlig ruiniert hatte, aber wir wollen nicht vorgreifen…

Sehr vorsichtig stieg sie in den Aufzug, fuhr zwei Stockwerke hinauf und kam über die Treppe wieder hinunter, damit die Concierge sie sah. Dann näherte sie sich der Kutsche und bettete ihre Tochter, die Veronika hieß und deren Entstehungsbedingungen wir bereits weiter oben dargelegt haben, behutsam auf die molligen Hasenfellkissen.

Sie schob die Kutsche vorwärts, passierte erhobenen Hauptes das große Portal und gelangte wieder auf die Avenue Merdozart.

Clams Jorjobert, ihr Gatte, erwartete sie hundert Meter weiter. »Perfekt«, sagte er, während er die Kutsche untersuchte. »Die bringt im Handel ihre dreißig Scheine. Wir werden rund zwölf Mille dafür kriegen.«

»Die zwölf Mille kriege ich«, stellte Gaviale richtig.

»Einverstanden«, sagte Clams Jorjobert, ganz der Herr. »Es war ein Versuch, und du hast ihn durchgeführt. Das nenne ich korrekt.«

3

»Du bringst ihn mir in einer Stunde wieder?« sagte Léon Dodiléon.

»Gewiß doch«, versicherte Clams.

Er befestigte den Motorradhelm, den ihm Dodiléon reichte, auf seinem Schädel und betrachtete sich im Spiegel.

»Das haut hin!« sagte er. »Klasse! Ich sehe ja richtig echt aus.«

»Mach zu«, sagte Léon. »In einer Stunde hier.«

Eine Stunde später hielt Clams vor dem Gebäude, wo sein alter Freund Léon hauste, mit einer gelbrot funkelnden Norton, die bis zu den Achsen Schutzbleche hatte.

»Nicht schlecht«, sagte Léon, der ihn mit der Uhr in der Hand vor der Tür erwartete.

»Die bringt im Handel ihre zweihundertfünfzig«, sagte Clams. »Da sie keine Papiere hat, weil ich sie gerade geklaut habe, werde ich kaum mehr als hundert Mille dafür kriegen, aber das war den Streich wert, sich deinen Helm auszuleihen, nicht wahr?«

»Sicher«, sagte Léon Dodiléon. »Sag mal ... wenn ich dir meine dafür geben würde? Dann hättest du keine Scherereien mit den Papieren ...«

»Einverstanden«, sagte Clams. »Ist deine auch eine Norton?«
»Ja«, sagte Dodiléon. »Doch sie hat keine moderne Dreizackkupplung wie die da.«
»Darauf lege ich keinen Wert«, antwortete Clams, »Top! Du bist'n dufter Kumpel, auch wenn ich dabei verliere.«

4

Clams verkaufte das Motorrad von Dodiléon für hundertfünfzigtausend, und während letzterer im Gefängnis versauerte, kaufte Clams eine schöne Chauffeuruniform, Helm inbegriffen.
»Du verstehst«, erklärte er seiner Frau, der hübschen Gaviale (die Rahat-Lokkum knabberte, während Veronika ein Fläschchen Heidsiek aus der guten alten Zeit trank), »nie wird es einem einfallen, einen Wagen des diplomatischen Corps anzuhalten, besonders dann nicht, wenn ein Chauffeur drin sitzt.«
»Besonders wegen des Chauffeurs«, antwortete sie. »Das leuchtet ein.«
»Ich könnte genauso leicht eine Lokomotive klauen«, erklärte Clams Jorjobert, »aber ich müßte mir die Hände mit Wagenschmiere und das Gesicht mit Kohle einreiben. Außerdem könnte es mir passieren, daß ich unfähig wäre, eine Lokomotive zu fahren, obwohl ich ein Hochschulstudium absolviert habe.«
»Oh!« sagte Gaviale. »Du wirst schon damit klarkommen.«
»Ich ziehe es vor, es nicht zu versuchen«, sagte Jorjobert. »Außerdem bin ich nicht ehrgeizig, und durchschnittlich hundert Mille pro Tag genügen mir vollauf. Und dann gibt es da noch den Nachteil von Schienen. Ohne Genehmigung das Streckennetz zu befahren, würde mir Scherereien einbringen, und mit einer Lokomotive auf der Straße würde ich die Aufmerksamkeit auf mich ziehen.«
»Du hast keinen Weitblick«, erwiderte die hübsche Gaviale, »und deshalb liebe ich dich. Ich möchte dich um etwas bitten.«

»Was du willst, mein Liebling«, sagte Clams Jorjobert.
Er stolzierte wie ein Pfau in seiner Chauffeuruniform umher.
Sie zog ihn zu sich heran und sagte ihm zwei Worte ins Ohr, wurde dann rot und verbarg ihr Gesicht in einem weichen Kissen.
Clams lachte laut auf.
»Ich verkaufe den Cadillac der Botschaft und werde dir das umgehend besorgen«, sagte er.
Die Operation verlief reibungslos, was den Cadillac angeht, für den er dreizehnhunderttausend bekam, denn die falschen Papiere für den Cadillac, die mittlerweile in Serie gedruckt wurden, waren gerade in Umlauf gebracht worden und in jedem Tabakladen erhältlich.
Bevor er zurückkehrte, begab sich Clams zu einem ihm bekannten Kleiderhändler. Eine Viertelstunde später ging er zu Gaviale hinauf. Alles war erledigt, und er trug ein großes Paket.
»Hier bin ich, mein Liebling«, sagte er. »Ich habe die Uniform. Es ist alles dabei, sogar die Axt. Du wirst dein Feuerwehrauto bekommen, wann immer du möchtest.«
»Fahren wir damit am Sonntag spazieren?«
»Sicher.«
»Mit einer großen Leiter?«
»Mit einer großen Leiter.«
»Mein Süßer, ich liebe dich!«
Veronika protestierte, weil sie fand, daß zwei Kinder reichten.

Brisavion macht einen Deal

Jef Dubois stieß mit entschlossenem Schwung die Tür des Lifts Marke Poekel-Käfigk auf, der ihn bis in die sechste Etage gehievt hatte, und bog in den langen mit Linoleum ausgelegten Flur ein, der zu den Büroräumen führte.
Ein Schild an der ersten Tür rechter Hand trug die Aufschrift ›Auskunft‹. Jef stieß die Tür mit entschlossenem Schwung auf, einem ebensolchen wie ersterem, mit welchem er erstere aufgestoßen hatte.
»Der Baron Visi?« fragte er.
»Die zweite Tür linker Hand«, antwortete die Sekretärin, die den Auskunftsdienst mit dem der Telefonistin verband.
Jef bedankte sich mit einem Lächeln und blieb vor der zweiten Tür linker Hand stehen. Diese trug überhaupt keine Aufschrift. Nur die Ziffer Neunzehn nagelte den Blick in zirka einem Meter fünfundsechzig über dem Boden fest.
Er zögerte drei Sekunden und klopfte dann.
»Herrrrrein!« antwortete eine energische wohlklingende Stimme. Die Stimme eines Mannes, dem im Alter von dreiundzwanzig Jahren die Mandeln restlos entfernt worden waren.
»Der Baron Visi?« fragte Jef im Eintreten.
»Das bin ich«, sagte der Mann, indem er sich anmutig erhob, um seinen Besucher zu empfangen, und sich dabei grauenhaft die Kniescheibe an der Unterkante der mittleren Schublade seines Schreibtisches anschlug.
Der Baron Visi maß einen Meter siebenundachtzig. Er war blond und blaß, und seine Augen mit den ewig halbgeschlossenen Lidern vermittelten einem den Eindruck intensiver Gehirntätigkeit. War er intelligent? Oder total bescheuert? Nur wenige konnten sich rühmen, über diesen Punkt genau Bescheid zu wissen. Eine hohe, gewölbte, fast geniale Stirn vervollständigte diese mehr als zu Recht urbildliche Erscheinung.

Allein, wischte sich der Baron die Stirn mit einer schülerhaften Geste ab und klingelte nach seiner Sekretärin.
Es war eine hübsche Blonde mit einer Stupsnase.
»Azor«, sagte der Baron zu ihr, »heften Sie diesen Brief ab« – er hielt ihr den blauen Umschlag hin – »und bringen Sie mir die Akte 7509.«
Um seinem Unternehmen jenen großzügigen Stil zu verleihen, der ihm zukam, numerierte der Baron seine Akten bei 7508 beginnend, und seit über einem Jahr gereichte ihm diese Methode zu vollster Zufriedenheit.
Der Baron rieb sich dumpf ächzend die Kniescheibe und wies dem Besucher den Sessel an.
»Jef Dubois?« fragte er.
»Sie habens erraten«, antwortete der andere und schielte zu dem blauen Briefumschlag hinüber, den er am Vortag aufgegeben hatte, um dem Baron sein Kommen anzukündigen.
Dieser ließ den Briefumschlag mit eleganter Geste verschwinden, legte behutsam die seitliche äußere Partie seiner rechten Wade auf sein linkes Knie und forderte in harschem Ton:
»Zwei Millionen und keinen Sou darunter!«
Verlegen kratzte sich der andere am Kopf mit einer Hand, deren Nägel, offensichtlich vollkommen sauber, jene kleinen gelblichen Schwellungen aufwiesen, ein typisches Anzeichen für den maßlosen Konsum der Verdauungspastillen Rennie.
»Ich wollte nicht mehr haben als eine Million neunhundertsiebenundachtzigtausend... das brächte ich nicht über mich.«
»Sie scheinen ziemlich genaue Vorstellungen vom Wert des Gegenstandes zu haben«, sagte der Baron grinsend, »... sagen wir noch siebenhundert Eier mehr, dann stimmts.«
»Wenn es schon nicht anders geht ...«, sagte Jef und seufzte.
»Sie zahlen mit Scheck?«
»Gewiß«, sagte der Baron, zog ein Scheckheft aus der Tasche und leistete der Aufforderung Folge.
Die beiden Männer schüttelten einander die Hände, und Jef verließ mit seinem Scheck in der Hand den Raum.

Der Baron Visi übte den künstlerischen Beruf eines Erpressers aus; Jef Dubois war sein jüngstes Opfer. Begabt mit einem liebenswerten Naturell voll biederer Herzlichkeit, trug er eine Krawattennadel aus gewelltem Quecksilber und ließ sich nicht im geringsten anmerken, wie sehr er sich hatte übers Ohr hauen lassen. Zumal der Gegenstand, dessen er sich hier entäußert hatte, seiner Natur nach geeignet war, eine Karriere, die sich immerhin brillant anließ, fatal zum Stillstand zu bringen.

Als am Morgen darauf Jefs Kammerdiener wie gewöhnlich kam, um mit seinem Herrn den morgendlichen Pernod zu schlürfen, fand er ihn tot in seinem Fauteuil, die Finger starr um das Weinglas gekrampft, das zu leeren er sich eben angeschickt hatte, als der Tod ihn jählings ereilte. Er hatte mittels eines gut gezielten Keulenschlages Selbstmord verübt.

Der Baron in seiner Höhle lächelte ein Raubtierlächeln, das seinen linken Eckzahn an der oberen Partie entblößte, wo eine raffinierte Füllung saß, die seinerzeit von einer Dentistin aus Sèvres namens Henriette eingelegt worden war.

Danach verschwand er für sieben Jahre in der Unterwelt.

Es hatte den ganzen Tag über geregnet; ein schmutziger Regen mit einem Geschmack von Schwefel und Ozon, ein klebriger Nieselregen, der sich nur widerwillig von den grünlichen Fensterscheiben abzulösen schien, wovon die meergrünen Perlen behäbig abtropften, um in einer Steinsimsvertiefung zusammenzurinnen, Ergebnis geduldiger Abnützung durch Wind und Steinbeißerchen, jenes kleine Insekt, dessen Muschelschale man im Kalksinter von Paris antrifft. Die Geranie am Fenster, seit Monaten verwelkt, raschelte zuweilen ausgiebig mit ihren vergilbten Blättern, um hierauf wieder in einen quasi vegetabilischen Schlummer zu sinken.

Der Abend dämmerte herauf, schon ballten sich die Nachtwolken am westlichen Himmelstor, bereit, die Stadt in ihre scheinheilige malvenfarbene Sanftheit zu tauchen.
Ein versprengtes Taxi, mitleidswürdig in diesem fahlen Wasser, das die Rostigkeit seiner Nickelteile und den Zustand hochgradigen Verfalls seiner verbeulten Karosserie noch unterstrich, fuhr in geringem Tempo vorüber, die Hausmauern, das Fenster und den alten Steinpfosten bespritzend, neben welchem ein halbkreisförmiger Fußabkratzer, der durch allzulangen Gebrauch und gewissenhafte Erziehungsmethoden abgewetzt und glattgescheuert war, unter dem ihm gerade anstrahlenden Scheinwerfer matt aufleuchtete.
Frauen in Pelzmänteln, deren beginnende Altersschwäche an Knopfleisten und Ärmelrändern abzulesen war, stöckelten da und dort einher, ihre Physiognomika unter einer Miene falscher Heiterkeit und einer dicken Schicht feuerfester Keramik verbergend - man ging ins sechsundvierzigste Kriegsjahr, und das Reismehl begann schon knapp zu werden.
Unterdessen war es endgültig Nacht geworden. Rechts vom Torpfosten öffnete sich geräuschlos eine Tür. Ein langschmales, unruhiges und verschlagen dreinblickendes Gesicht, dessen Züge einen Anflug kosmischer Bösartigkeit trugen, schob sich langsam aus dem Türspalt. Eine schmale, weiße Hand mit knochigen Fingern tippte leicht an den Klingelknopf, ihn gerade nur streifend, zögerte kurz und drückte dann plötzlich darauf.
Nichts war zu hören. Es floß wohl kein Strom.
Mit einem Wutschrei richtete sich der Mann auf der Schwelle in seiner ganzen Größe auf und sprang mit beiden Füßen zugleich auf den Fußabstreifer. Eine dumpfe Detonation erklang, und die Behausung stürzte im Getöse splitternden Glases und berstender, weil fehlberechneter, Trägerbalken in sich zusammen. Ein dunkler Krater rauchte nunmehr an der Stelle, wo noch wenige Sekunden vorher ein dreckiger Saustall gestanden hatte.

Der Vorfall schien niemand wunder zu nehmen. Zumal niemand anwesend war. Und fast alle Häuser der Nachbarschaft hatten einen Fußabstreifer.
Dann hörte man in der rußig durchschimmerten Nacht eine Säuferstimme eine alte Jazzmelodie gurgeln, während schwere und unsicher torkelnde Schritte das feuchte Pflaster erzittern ließen. Ein Saufbruder kam gerade alkoholsaturiert nach Hause. Seit die Aperitifs wieder 1,5 Prozent hatten, war die Zahl der Trunkenheitsfälle auf nachgerade alarmierende Weise angestiegen.
Der Mann röhrte jetzt:
»Heut steh ich noch im Rampenlicht,
verführ die Frauen allemal.
Dereinst … tadam … das Auge bricht,
sterb ich … tadam … als Original …«
Es war kein Zweifel möglich: Der Baron Visi kam gerade von einer nächtlichen Sauftour nach Hause und hatte den Text vergessen.

Sowie er sich der Nummer sieben näherte, die wenige Augenblicke zuvor von einem Hause in bester Verfassung getragen worden war, schien seine Trunkenheit urplötzlich zu verfliegen. Seine Gestalt richtete sich auf und nahm die schleichende und geschmeidige Gangart des Caraco aus dem birmanischen Dschungel an.
Er blieb im Dunkeln stehen, streckte die Hand nach dem Klingelknopf aus und – drückte mit dem Finger ins Leere, das sich wenig darum scherte.
»Ah!!!« knirschte er, »… Caruso hat wieder eins seiner üblichen Späßchen getrieben.«
Der tanzende Schein seiner starken elektrischen Taschenlampe enthüllte ihm das Chaos der rauchenden Trümmer.
»Soll einer da drin einen Ordner wiederfinden!« seufzte der

Baron. »Einen Ordner ... oder sonstwas ...«, murmelte er zwischen den Zähnen.
Er löschte die Lampe und trat an die Nachbartür.
Auf seinen energischen Fußtritt gegen die Tür hin, öffnete ein äußerst offenherzig dekolletiertes Mädchen, die fuchsroten Haarsträhnen unordentlich um das rundliche Gesicht drapiert. Ein Hauch von Sünde ging von diesem verlorenen Geschöpf aus ... nicht für jedermann verloren, wohlgemerkt.
»Hast du ein Plätzchen zum Schlafen?« fragte der Baron.
»Das da!« antwortete sie und öffnete den Morgenmantel.
»Ich folge dir«, sagte der Baron und sog den Weibchengeruch ein, der aus den Tiefen hochstieg, während sich geile Traumbilder in sein mönchisches Gehirn einfraßen.

Erschöpft starb das Mädchen im Morgengrauen. Der Baron machte erst geruhsam seine Morgentoilette und warf dann den Leichnam in die Glut, die noch vom Vortag in der Ruine des Nachbarhauses glomm. Dann läutete er.
Eine Xanthippe in Lumpen erschien auf sein Zeichen.
»Tag Jacob«, sagte der Baron freundlich, »wo ist Caruso?«
»Tot«, sagte die Alte.
»Dieser Trottel! Ich habs ja gewußt ...!« sagte der Baron. »Wo ist Lambourde?«
»Tot.«
»Totor?!«
»Er nimmt gerade ein Gläschen zur Brust beim Zenobiten.«
»Hol ihn ...«
Die Alte schlurfte in ihren Schlappen davon, von denen einer einen praktisch unsichtbaren Flicken hatte.
Zehn Sekunden später trat Totor ein. Der Baron drückte ihm wortlos die Hand.
Totor war ein junger Mann von fünfundzwanzig Jahren, trug einen tadellos gebügelten, marineblauen Anzug, eine him-

melblaue Köper-Krawatte und einen Schlapphut. Dazu rotlederne Handschuhe. Nichts Dubioses war in seinem Gebaren, er schien geradewegs aus Janson-de-Sailly zu kommen. Chanson de saillie, der Beschälersong, wie die Pferdezüchter gern dazu sagen, damit sie sich so allein im unheimlichen Stall nicht fürchten in der Nacht...

In Wirklichkeit war er dreiundsechzig und verbarg sorgfältig sein wahres Alter. Der Baron zog ihn zu allen Geschäften bei, die Takt und Fingerspitzengefühl erfordern: in solchen Fällen schickte er Totor in die Provinz und konnte so seinerseits unangefochten agieren, ohne Gefahr zu laufen, durch die Dummheit dieses kläglichen Helfershelfers ins Hintertreffen zu geraten.

»Totor«, sagte der Baron, »hol mir die Akte 7510.«

Totor streckte den Arm nach einem mit Einlegearbeit verziertem Louis-Quinze-Möbel aus, das den hinteren Teil der Bettnische ausfüllte, wo der Baron sich während der Nacht sexuell ausgetobt hatte. Er ließ das Drehfach in seinen Halterungen herumwirbeln und entnahm ihm ein dünnes Heft aus Toilettenpapier von exzellenter Qualität.

»Kommen Sie damit aus?« fragte er.

»Ja ...«, sagte der Baron und schob es in die rechte Hosentasche. »Jetzt gib mir die Juwelen!«

»Es ist alles glattgegangen«, sagte Totor und streckte dem Baron eine Handvoll Rubine hin, deren kleinster bei vorsichtiger Schätzung zweiundsechzig Karat wog.

»Ich behalte diesen hier«, sagte der Baron, indem er den betreffenden Rubin zu sich steckte.

Totor trat ans Fenster und warf in weitem Bogen die hundertneunundvierzig Rubine hinaus, die übriggeblieben waren.

»Du wolltest mich doch wohl nicht etwa aufs Kreuz legen?« sagte der Baron und heftete seinen durchdringenden Blick auf Totors pausbäckiges ferkelrosiges Gesicht.

»Werden Sie nicht kindisch«, sagte Totor, »wieviel springt dabei für mich raus?«

Mit einem Pumasprung warf sich der Baron auf Totor, und mit einem wohlplacierten Faustschlag streckte er ihn kampfunfähig zu seinen Füßen nieder.
»Dich werd ich Mores lehren!« schloß er ruhig.
Totor klappte nach ein paar Sekunden mühsam die Augen wieder auf...
»Ich hab vorhin vergessen, Ihnen zu sagen, Chef ...«, murmelte er, »daß der Zenobit Sie sprechen möchte...«
Er fiel wieder in Ohnmacht, und der Baron lächelte, sah er doch mit Freude, wie seine bloße Anwesenheit genügte, seine Untergebenen in seinen Bann zu schlagen. Er nahm ein schwarzseidenes Halstuch aus der zweiten Schublade des kleinen Möbels, ergriff seinen Hut und legte, noch den Regenmantel vom Haken nehmend, den Weg durchs Treppenhaus rittlings auf dem Geländer abwärtsrutschend zurück. Die Kugel aus künstlichem Kupfer, die das untere Ende des Geländers zierte, gab nach und brach bei der Ankunft des Barons herunter. Behend durchmaß dieser mit ein paar leichtfüßigen Sprüngen die Entfernung, die ihn noch von der verrufenen Schenke trennte, wo die niederträchtige Persönlichkeit, die man den Zenobiten nannte, hinter einem Tresen aus Dudelsackpfeifenholz seine namenlosen Cocktails braute.
Beim Eintritt des Barons verstummten schlagartig das Gelächter und die unflätigen Scherze, die sich bis dahin dröhnend an den Wänden des engen Kellers gebrochen hatten. Bewunderndes Raunen erhob sich hier und dort, da die riesenhafte Gestalt dieses seltsamen Individuums auch die von Sensibilität unbelecktesten Wesen zu beeindrucken vermochte.
»Hast du mir was zu sagen, Baron?« fragte der Zenobit, um etwaige Verdächtigungen abzuwenden.
»Ja, komm nach drüben!« antwortete der Baron, auf das Spielchen eingehend.
Sie ließen sich in einer Ecke des Raumes an einer Wand nieder, auf welcher eine ungeschickte Hand, mit einem Stück

Holzkohle als Zeichenstift, die Hinrichtung des Herzogs von Guise durch den Strang bei der Ständeversammlung 1789 dargestellt hatte.
Und während rings um sie herum die Konversation wieder lebhaft aufflackerte, unterbreitete der Zenobit ihm seinen Plan...
Just in dem Augenblick, da dem Baron die entscheidende Information zuteil werden sollte, ohne welche das Unternehmen zu sicherem Scheitern verurteilt war, gab es einen trockenen Knall unter dem Gewölbe, und der Zenobit gab seine garstige Seele wieder dem Teufel zurück, indes seine sterbliche Hülle zu Boden rollte.
Der Baron zog seinen Revolver und zerschoß die Tausend-Watt-Birne, die diese Schreckensszene beleuchtete. Dann bahnte er sich in Sprüngen eine Weg durch das verschwommene Gewirr der Gestalten, die unter Gebrüll und Gezeter im Dunkeln durcheinanderwimmelten, erreichte schließlich den Ausgang und verschwand in der Finsternis, denn nicht weniger als sieben Stunden waren vergangen, seit er den Fuß über die Schwelle jener Kneipe gesetzt hatte...

Brisavion, der berühmte Detektiv, rauchte gerade die hundertsiebente seiner täglichen Pfeifen hinter einem Schreibtisch, der mit Palisanderfurnier imitierender Klebefolie überzogen war, als sich ein gebieterisches Klingelzeichen vernehmen ließ. Ohne die Pfeife aus dem Mund zu nehmen, hob er behutsam den Deckel eines Ablagekastens, der zu seiner Rechten thronte.
Eine Instrumentenschalttafel wurde sichtbar, und ein grünes Lämpchen blinkte dreimal auf. Die Zeiger der Meßgeräte kamen auf ihren Skalen zum Stillstand, Brisavion machte sich flüchtig ein paar Notizen und drückte dann auf einen kleinen weißen Knopf, den er unter dem Zeigefinger hatte. Auf

seinen Aufschrei hin, denn er hatte einen schlimmen Finger, erschien ein Domestik.
»Gehen Sie öffnen, Sarkopt!« sagte Brisavion.
»Sehr wohl, Chef«, sagte Sarkopt und salutierte vorschriftsmäßig.
Von seiner Dienstzeit als Gemeindestraßenkehrer her hatte er paramilitärische Sitten und eine ausgeprägte Abneigung gegen Pferde und Hunde bewahrt.
Es vergingen nur wenige Sekunden, und der Baron Visi trat ein.
»Wenn ich mich nicht irre, sind Sie der berühmte Brisavion? ...«, sagte er mit einer Stimme, so schneidend wie ein Sattlermesser.
»Der nämliche, ... äh ... Baron Visi«, antwortete der Detektiv.
Der Baron deutete ein Lächeln an.
»Zweifellos werden Sie mir jetzt meine Körpergröße auf den Millimeter genau sagen können ...«, fragte er mit Spott in der Stimme.
»1 Meter 87«, antwortete Brisavion leicht errötend.
»Ihre hübschen kleinen Apparate hier sind gut justiert«, schloß der Baron. »Überflüssig also, mir weiszumachen, daß ich fünfundachtzig Kilo wiege, daß mein Brustumfang 1 Meter 22 beträgt und ich Schuhgröße dreiundvierzig habe. Das weiß ich alles selbst. Sagen Sie mir lieber, wer den Zenobiten umgebracht hat.«
Und sein Blick schweifte nach draußen, in die Baumkronen, die sattgrün in der Morgensonne glänzten. Brisavion nämlich hatte sein Fenster immer offenstehen.
»Ich habe mich vertan«, murmelte Brisavion. »Eine bedauerliche Panne ... Eigentlich hätte Sarkopt Sie umlegen sollen ...«
Mit einer flinken Bewegung zog er einen kleinen Hebel, der kaum über die polierte Fläche seines Schreibtisches ragte. Der dreihundert Kilo schwere Bronzelüster, der eine Sekunde vorher noch über dem Haupt des Barons gebaumelt hatte,

zerschellte auf dem Fußboden, da der Baron einen Schritt zur Seite gewichen war.
»Sie werden sich schwertun mit mir«, bemerkte dieser schlicht und wischte sich den rötlichen Schweiß ab, den die Wut auf seinen Schläfen perlen ließ.
Einige Augenblicke war es totenstill. Die beiden Männer beäugten einander, ohne ein Wort zu sagen.
»Sie scheinen einiges Stehvermögen zu haben«, sagte Brisavion schließlich, »wollen wir uns zusammentun?«
Er streckte dem Baron ein Bündel Geldscheine hin, die bei vorsichtiger Schätzung die Kleinigkeit von zwanzig Millionen Rupien ausmachten. Dies war die offizielle Währung, seit jedermann aus Angst vor Raton Ghandi zum Buddhismus konvertiert war.
»Einverstanden!« sagte der Baron.

Das Motiv

Odon du Mouillet, Diplom-Friedensrichter, kratzte sich genüßlich mit der Spitze seines Korrekturstiftes am Ohr, eine alte barbarische Gewohnheit, die er aus den frühen Jahren beibehalten hatte, als er noch seine Hosen auf den Bänken des Cours la Reine abwetzte.

»Wieviele Scheidungen heute morgen?« fragte er seine zweite Geige, Léonce Tiercelin, einen großen jungen Mann von vierundfünfzig Jahren.

»Nur neunzehn«, antwortete Léonce.

»Gut, gut, gut, gut, gut, gut, gut«, sagte der Richter befriedigt.

So würde er mehr Zeit haben als gewöhnlich, um die einwickelnden Phrasen zu vollenden, zu polieren, zu glätten und blankzuscheuern, auf deren Überzeugungskraft er zählte, um die verirrten Schäfchen auf den rechten Weg der Ehe zurückzuführen, die sich für eine eventuelle Versöhnung vor ihm einfinden würden.

Mit den Füßen in der Luft und der Stirn in den Händen dachte er also nach, während Léonce Tiercelin ein bißchen Regie führte, um die zukünftigen Ankömmlinge zu beeindrucken. Léonce betätigte also die kleinen hydraulischen Winden, die in den Beinen des Richtertischs und des Richterstuhls eingebaut waren, und die das ganze um etwa dreißig Zentimeter anhoben; er deponierte künstliche Blumen in einer Vase, der Intimität wegen, hängte anstelle des Globus eine römische Waage, die die Gerechtigkeit symbolisierte, an die Decke und drapierte sich in einen großen Vorhang aus leuchtendrotem Adrianopelstoff, nach Art einer antiken Toga. Im allgemeinen zeigten sich die Leute empfänglich für diesen Aufwand und gingen entweder zusammengeschweißt oder ohnmächtig hinaus. Der Richter Odon du Mouillet zählte mehr Ehekleisterungen zu seinen Aktiva als fünf seiner

Kollegen zusammen. Er schrieb den Verdienst seiner salbungsvollen Sprechweise zu, aber Léonce dachte, daß wohl auch seine eigenen Vorbereitungen daran einigen Anteil hatten.

Als der Richter ausreichend meditiert hatte, kratzte er sich virtuos am Arsch und sagte zu Léonce:

»Wache, die Antragsteller eintreten lassen.«

Léonce ging mit majestätischem Schritt die Tür öffnen. Jean Biquet und Frau, geborene Zizine Poivre, traten ein.

»Setzen Sie sich!« sagte Léonce mit einer Garagenstimme (das heißt geräumig, hallend und voller Öl).

Jean Biquet setzte sich rechts und Zizine Poivre links hin. Jean Biquet war blond, weich, neutral, blaß und würdevoll, Zizine Poivre brünett, glühend, vollbusig, bot alle Anzeichen einer hitzigen Natur dar.

Odon du Mouillet betrachtete zunächst ohne Überraschung dieses schlecht aufeinander abgestimmte Paar, dann erinnerte er sich an den Wortlaut der Scheidungsklage und hob die Brauen. Tatsächlich war es Zizine Poivre, die die Scheidung eingereicht hatte, und zwar, laut Akte, weil ihr Mann sie betrog.

»Mein Herr«, sagte Odon, »ich gestehe Ihnen von vornherein, daß ich erstaunt bin festzustellen, daß Sie Madame haben verlassen können, um Ihr Auge auf eine Person zu werfen, deren Name in der Akte steht und die meine Beamten als sehr ordinär beschrieben haben.«

»Das geht Sie nichts an«, sagte Jean Biquet.

»Dieser Schweinepriester hat mich mit einer dummen Gans gehörnt«, bestätigte Zizine, heftig bewegt.

Odon du Mouillet fuhr fort:

»Madame, ich erkläre Ihnen ganz aufrichtig, daß ich bereit bin, eine Entschuldigung für Ihr Scheidungsvorhaben zu finden. Aber vielleicht ist es doch noch nicht zu spät. Ein Versuch, sich um Verständnis zu bemühen, würde sicher den einen dem anderen näherbringen ...«

Zizine sah Jean hoffnungsvoll an und leckte sich die Lippen. »Mein kleiner Jean«, murmelte sie mit heiserer Stimme.
Jean Biquet erschauerte, und der Richter auch.
»Madame«, sagte er, »die Frage, die ich Ihnen stellen muß, ist sehr persönlich ... Betrog Sie Ihr Gatte, weil ... hm ... weil Sie sich seinen Annäherungsversuchen entzogen?«
»Ah! Aber nicht doch!« protestierte Jean Biquet ... »Vielmehr, genau deshalb sind wir doch ...«
Er unterbrach sich.
»Sprechen Sie nur weiter, lieber Herr«, beharrte Odon. »Sie müssen entschuldigen, aber Ihr Fall erscheint mir so bemerkenswert, daß ich gar nicht umhin kann, ihn als äußerst lehrreich zu betrachten.«
»Um Ihnen die ganze Wahrheit zu sagen, lieber Richter«, mischte sich Zizine ein, »ich will eigentlich immer lieber dreimal als einmal.«
»Dreimal! Wollte Gott!« seufzte Jean Biquet.
Benommen schneuzte sich Léonce Tiercelin in sein Taschentuch und erschreckte die ganze Gesellschaft.
»Nun wohl, wenn ich Ihnen recht gefolgt bin, Monsieur«, sagte Odon du Mouillet, »so betrogen Sie Madame, weil sie ... hm ... mehr Liebeszuwendungen von Ihnen verlangte, als Sie in der Lage waren, ihr zukommen zu lassen.«
»Ganz genau!« antworteten die beiden Angetrauten unisono.
»Und Sie ... hm ... haben mit der anderen nichts gemacht?« bohrte der Richter weiter, jegliche Diskretion mißachtend.
»Das doch nicht!« kläffte Zizine, mit ausgefahrenen Krallen.
Niedergeschlagen warf der Richter Léonce einen fragenden Blick zu.
»Was nun?« sagte er. »Ich verstehe nicht ... warum betrügen Sie sie denn?«
»Aber das ist doch ganz einfach, Herr Richter«, erklärte Jean Biquet mit ruhiger und gesetzter Stimme. »Daß ich mich scheiden lassen muß, liegt einfach daran, daß ich nicht ohne Frau leben kann ...«

Pastorale

Auf einem Speicher voller Stroh
Jeannette harrt auf ihren Stift,
Den Rock zur Taille hochgerifft,
Träumt vor sich hin vergnügt und froh.

Sich hinzugeben jenem Spiel,
Zu streicheln seine Konkubin
Kommt angepirscht der Benjamin,
Tut auf die Tür und springt agil

Ins Heu. Zu seinem Hochkomfort
Bringt er, ein wirklich dummer Tor
Die eigne Bettmatratze mit.

Jeannette, die ganz plötzlich wach,
Erklärt, als sie dies Dinge sieht:
»Wozu? Ich werd' auch ohne schwach!«

Und viel Volks ergetzete sich im Stroh und spielete das Tier mit den zwei Rücken.

Liebe ist blind

1 Am fünften August um acht Uhr morgens war die Stadt in Nebel gehüllt. Da er leicht war, störte er die Atmung nicht weiter und er trat in selten dichter Form auf; außerdem wirkte er stark blau gefärbt.

Er senkte sich teppichartig, in parallelen Schichten; zunächst bildete er zwanzig Zentimeter über dem Erdboden Schäfchen, und man ging umher, ohne seine Füße zu sehen. Eine Frau, die in der rue Saint-Braquemart 22 wohnte, ließ in dem Moment, als sie ihre Haustür öffnete, ihren Schlüsselbund fallen und konnte ihn nicht wiederfinden. Sechs Personen, darunter ein Baby, kamen ihr zu Hilfe; inzwischen kam die zweite Nebelwolkenschicht herunter, und der Schlüssel wurde wiedergefunden, aber das Baby nicht, das im Schutz der Wettererscheinung das Weite gesucht hatte, ungeduldig darauf aus, dem Fläschchen zu entkommen und die heiteren Freuden von Heirat und geregeltem Leben kennenzulernen. Dreizehnhundertzweiundsechzig Schlüssel und vierzehn Hunde kamen auf diese Weise am ersten Vormittag abhanden. Da sie es satt hatten, weiterhin vergeblich auf ihre Korkschwimmer aufzupassen, drehten die Angler durch und gingen auf die Jagd.

Der Nebel ballte sich in beträchtlicher Dichte am Fuße abschüssiger Straßen und an den Kreuzungen; in Form langer Pfeile zog er in Kanallöcher und Luftschächte; er drang in die Gänge der Metro ein, die ihren Betrieb einstellte, als die milchige Woge die Höhe der Signallampen erreichte; doch in diesem Augenblick bereits hatte sich gerade die dritte Nebelwolkenschicht herabgesenkt, und draußen badete man bis zu den Knien in weißer Nacht.

Die Bewohner der höher gelegenen Stadtteile spotteten über die am Flußufer, weil sie sich für begünstigt hielten, aber nach einer Woche waren alle wieder ausgesöhnt und konnten sich in gleicher Weise an ihren Möbeln den Schädel einrennen; denn der Nebel hatte sich jetzt bis zur Spitze der höchsten Gebäude ausgebreitet. Und wenn auch das Glockentürmchen des Eiffelturms erst ganz zuletzt verschwinden sollte, der unaufhörliche Druck der dichten Nebelflut ließ ihn dennoch vollständig untertauchen.

2

Orvert Latuile erwachte am dreizehnten August aus einem dreihundertstündigen Schlaf; er löste sich aus einem etwas schweren Rausch und wähnte sich zunächst einmal blind; das hieß allerdings dem Sprit, den man ihm serviert hatte, allzu viel Ehre antun.
Es war Nacht, jedoch eine Nacht anderer Art; denn mit offenen Augen hatte er den Eindruck, den man empfindet, wenn der Strahl einer elektrischen Lampe auf die geschlossenen Augenlider fällt. Mit ungeschickter Hand suchte er den Radioknopf. Es ging, und die Nachrichten verschafften ihm halbwegs Klarheit.
Ohne weiter die müßigen Kommentare des Spiekers zu beachten, dachte Orvert Latuile nach, kratzte sich am Nabel und stellte an seinen Nägeln riechend fest, daß ihm ein Bad guttun würde; aber wie Noahs Mantel über Noah ausgebreitet ist oder wie das Elend auf der armseligen Welt lastet oder wie sich der Schleier der Tanit auf Salammbô oder eine Katze sich in einer Geige ausnimmt, so ließ ihn die Bequemlichkeit dieses über allem ausgebreiteten Nebels auf die Nutzlosigkeit eines Bades schließen. Dieser Nebel verströmte übrigens einen zarten, schwindsüchtigen Aprikosenduft und sollte die persönlichen unangenehmen Körperausdünstungen abtöten. Außerdem leitete er gut den Ton, und Geräusche bekamen, in dieser Watte verpackt, einen seltsamen Nachhall, klar und rein wie die Stimme eines lyrischen Soprans, dessen durch den unglücklichen Fall auf einen Pflugsterz zersplitterter

Gaumen durch einen in Silber geschmiedeten Prothesenapparat ersetzt worden war.
Zunächst befreite Orvert seinen Verstand von allen Problemen und dann entschied er, so zu tun, als ob nichts wäre. Als Folge davon zog er sich ohne Mühe an, denn seine Kleider lagen ordentlich an ihrem Platz; das heißt, einiges auf Stühlen, anderes unterm Bett, die Socken in den Schuhen, ein Schuh in einer Vase und der andere unterm Nachttopf.
»Mein Gott«, sagte er sich, »was ist dieser Nebel doch für eine lustige Sache.«
Diese Überlegung ohne große Originalität rettete ihn vor Lob, gewöhnlichem Enthusiasmus, vor Traurigkeit und düsterer Melancholie, indem er das Phänomen in die Kategorie der ganz einfach konstatierten Dinge einordnete. Aber er wurde allmählich kühner und gewöhnte sich an das Ungewöhnliche in dem Maße, wie er sich einigen menschlichen Erfahrungen konfrontiert sah.
»Ich gehe runter zu meiner Wirtin und lasse meinen Hosenstall offen«, sagte er. »Dann wird sich herausstellen, ob es Nebel ist oder ob es an meinen Augen liegt.«
Denn der cartesianische Geist des Franzosen veranlaßt ihn dazu, das Vorhandensein eines dichten Nebels zu bezweifeln, selbst wenn dieser reicht, ihm die Sicht zu nehmen; und auf das Radio kann man auch nichts geben, das wagt, auf seine Entscheidung Einfluß zu nehmen, um ihn das Ungewöhnliche erkennen zu lassen. Beim Radio sitzen nur Plattköpfe. »Ich hole ihn raus«, sagte Orvert, »und ich gehe so hinunter.«
Er holte ihn raus und ging so hinunter. Zum ersten Mal in seinem Leben bemerkte er das Knarren der ersten Stufe, das Krächzen der zweiten, das Quietschen der vierten, das Knacken der siebten, das Rascheln der zehnten, das Zischeln der vierzehnten, das Gesäusel der siebzehnten, das Getuschel der zweiundzwanzigsten und das Geächze des von seinem Endträger abgeschraubten Treppenstücks aus Messing.

Er kreuzte jemanden, der hochkam und sich an der Wand hielt.
»Wer da?« sagte er und blieb stehen.
»Lerond!« antwortete Monsieur Lerond, der Mieter von gegenüber.
»Guten Tag«, sagte Orvert. »Ich bin Latuile.«
Er streckte die Hand aus und begegnete etwas Hartem, das er erstaunt wieder losließ. Lerond lachte verlegen.
»Entschuldigen Sie bitte«, sagte er, »aber man sieht hier nichts, und dieser Nebel ist verteufelt heiß.«
»Das stimmt«, sagte Orvert.
An seinen offenen Hosenstall denkend, ärgerte es ihn, festzustellen, daß Lerond die gleiche Idee wie er gehabt hatte.
»Also, auf Wiedersehen«, sagte Lerond.
»Auf Wiedersehen«, sagte Orvert, während er heimlich die drei Haken seines Gürtels aufmachte.
Seine Hose fiel ihm auf die Füße, und er hob sie auf, dann warf er sie ins Treppenhaus runter. Es stimmte wirklich, dieser Nebel war heiß wie eine fiebrige Wachtel; und wenn Lerond mit seiner Freiluftausrüstung herumlief, dann konnte doch Orvert nicht so angezogen bleiben? Alles oder nichts.
Seine Jacke und sein Hemd flogen fort. Seine Schuhe behielt er an.
Als er am Treppenende ankam, klopfte er leise an die Scheibe der Pförtnerloge.
»Herein«, sagte die Stimme der Hauswartfrau.
»Ist Post für mich da?« fragte Orvert.
»Oh, Monsieur Latuile!« lachte die dicke Dame, die immer zum Scherzen aufgelegt war, laut auf... »Nun, Sie haben gut geschlafen, was? Ich habe Sie nicht stören wollen... aber Sie hätten die ersten Tage dieses Nebels erleben sollen!... Alle spielten verrückt. Und jetzt... Nun ja, man gewöhnt sich dran...«
Er bemerkte, daß Sie sich ihm mit einem aufdringlichen Parfum näherte, dem es gelang, die milchige Schranke zu überwinden.

»Nur ist es nicht gerade sehr bequem, sich sein Essen zuzubereiten«, sagte sie. »Aber er ist lustig, dieser Nebel … er nährt seinen Mann, wie man sagen würde; ich, sehen Sie, ich esse … seit gut drei Tagen nun, ein Glas Wasser, ein Kanten Brot, und ich bin zufrieden.«
»Sie werden abmagern«, sagte Orvert.
»Ah! ah!« kicherte sie, mit ihrem Lachen wie ein Sack Nüsse, der aus dem sechsten Stock fällt. »Fühlen Sie, Monsieur Orvert, ich bin noch nie so in Form gewesen. Selbst meine Brüste gehen zurück. Fühlen Sie …«
»Aber …, hm …«, sagte Orvert.
»Fühlen Sie, sage ich Ihnen.«
Sie nahm seine Hand, wo sie sie vermutete und legte sie auf die Spitze einer der infrage kommenden Brüste.
»Erstaunlich«, konstatierte Orvert.
»Und ich bin zweiundvierzig Jahre alt«, sagte die Wirtin. »Oh! Man könnte glauben mehr! Ah … jene, die wie ich ein bißchen kräftig sind, sind im gewissen Sinne bevorzugt …«
»Aber was denn!« sagte Orvert überrascht … »Sie sind ja ganz nackt …«
»Nun ja, und Sie!« sagte sie.
»Stimmt«, sagte sich Orvert. »Was für einen komischen Einfall habe ich denn da gehabt?«
»Im Fernsehen haben sie gesagt«, fuhr die Wirtin fort, »daß es sich um einen aphrodisiakischen Dunstkreis handelt.«
»Ah!« sagte Orvert; die Wirtin trat zu ihm hin, berührte ihn und atmete kurz tief ein, und er hatte einen Moment das Gefühl, von diesem verdammten Nebel genarrt worden zu sein.
»Hören Sie, Madame Panuche«, bat er flehend. »Wir sind doch keine Tiere. Wenn das ein aphrodisiakischer Nebel ist, dann muß man sich verdammt noch mal zurückhalten.«
»Oh, oh!« sagte Madame Panuche mit von Seufzern unterbrochener Stimme, und sie führte ihre Hände an die richtige Stelle.
»Mir soll es recht sein«, sagte Orvert mit Würde. »Finden Sie sich allein zurecht, ich kümmere mich um nichts.«

»Schon gut«, brummelte die Wirtin vor sich hin, ohne die Fassung zu verlieren, »Monsieur Lerond ist da liebenswürdiger als Sie. Bei Ihnen muß man ja die ganze Arbeit allein machen.« »Hören Sie«, sagte Orvert, »heute bin ich aufgewacht ... Ich bin nicht in Übung.«

»Ich werde es Ihnen beibringen«, sagte die Wirtin.

Dann ereigneten sich Dinge, über die man besser den Mantel der armseligen Welt wirft, wie über das Elend von Noah, von Salammbô und den Schleier der Tanit in einer Geige.

Orvert verließ die Pförtnerloge sehr munter. Draußen spitzte er die Ohren. Das war es, was fehlte: der Autolärm. Aber unzählige Lieder waren zu hören. Lachen verbreitete sich überall.

Ein bißchen betäubt, bewegte er sich auf der Landstraße vorwärts. Seine Ohren waren nicht an einen Klanghorizont von solcher Tiefe gewöhnt, er verlor sich ein wenig darin. Er merkte, daß er laut nachdachte.

»Mein Gott«, sagte er. »Ein aphrodisiakischer Nebel!«

Wie man sieht, unterschieden sich die infrage kommenden Überlegungen wenig. Aber man muß sich an die Stelle eines Menschen versetzen, der elf Tage lang schläft; der dann in totaler Finsternis aufwacht, verwirrt durch eine Art ausgelassener und verallgemeinerter Vergiftung, der feststellt, daß seine fette, nicht mehr ganz junge Wirtin sich in eine Walküre mit spitzen und üppigen Brüsten verwandelt hat, eine gierige Circe in einer Höhle unvorhergesehener Lüste.

»Verdammt«, sagte Orvert noch, um seinen Gedanken zu verdeutlichen.

Als er auf einmal merkte, daß er mitten auf der Straße stand, bekam er Angst und ging rückwärts bis zur Mauer, deren Sims er ungefähr hundert Meter weit folgte. Eben dort war die Bäckerei. Eingefleischte Hygiene veranlaßte ihn dazu, nach der ganz beträchtlichen körperlichen Anstrengung etwas Nahrung zu sich zu nehmen, und er ging hinein, um ein Brötchen zu essen.

Es war sehr laut im Laden.
Orvert war ein Mann mit wenig Vorurteilen, aber nachdem ihm klar war, was die Bäckerin von jedem Kunden und der Bäcker von jeder Kundin verlangte, fühlte er, wie ihm die Haare zu Berge standen.
»Wenn ich Ihnen ein Zweipfundbrot gebe«, sagte die Bäckersfrau, »habe ich, Teufel nochmal, das Recht, von Ihnen das entsprechende Format zu verlangen.«
»Aber Madame«, protestierte das helle Organ eines kleinen Greises, in dem Orvert Monsieur Pfeifensorger erkannte, den alten Organisten, der am Ende der Uferpromenade wohnte. »Aber Madame.«
»Und Sie wollen Rohrorgel spielen!« sagte die Bäckersfrau.
Monsieur Pfeifensorger wurde böse.
»Ich werde Ihnen meine Orgel vorbeibringen«, sagte er stolz und begab sich zum Ausgang, aber dort stand Orvert, und der Zusammenstoß nahm ihm die Luft.
»Der Nächste, bitte«, kreischte die Bäckersfrau.
»Ich möchte ein Brot«, sagte Orvert mit Mühe, während er sich den Magen massierte.
»Ein Vierpfundbrot für Monsieur Latuile!« tobte die Bäckersfrau.
»Nein, nein!« stöhnte Orvert, »nur ein Brötchen«.
»Sie Sexmuffel«, sagte die Bäckersfrau.
Und, zu ihrem Gatten gewandt:
»Du, Lucien, nimm ihn dir mal vor, das wird er schnell lernen.«
Orvert sträubten sich die Haare auf dem Kopf, er machte sich fluchtartig auf die Beine und rannte direkt in eine Vitrine. Sie hielt stand.
Er tastete sich um sie herum und gelangte endlich hinaus. In der Bäckerei ging die Orgie weiter. Der Bäckerjunge beschäftigte sich mit den Kindern.
»Zum Henker nochmal«, schimpfte Orvert auf dem Bürgersteig. »Wenn ich nun mal lieber selbst meine Wahl treffe? Mit dem Maul, das diese Bäckerin hat…«

Und dann fiel ihm die Konditorei hinter der Brücke ein. Das Serviermädchen dort war siebzehn, und ihr Mund saß im Herzen, und sie trug eine kleine gemusterte Schürze ... vielleicht hatte sie nur ihre kleine Schürze an ...
Orvert ging mit großen Schritten zur Konditorei. Dreimal fiel er über ineinander verschlungene Körper, deren Stellungen sich zu merken er keine Lust hatte. Aber mindestens in einem Fall waren es fünf.
»Rom«, murmelte er. »Quo vadis! Fabiola! Et cum spiritu tuo! Orgien! Oh!«
Er rieb sich den Kopf, denn er hatte sich als Folge seines Kontakts mit der Vitrine ein Straußenei der Spitzenklasse eingehandelt. Und er beschleunigte seinen Gang, denn eine Verfassung, an der seine Person Anteil nahm, ihm aber ein gutes Stück voraus war, stachelte ihn an, so schnell wie möglich anzukommen.
Im Glauben, sich dem Ziel zu nähern, bemühte er sich, wieder dichter an die Häuser heranzugehen, um sich dem Tastsinn zu überlassen. Er erkannte das Schaufenster des Antiquars an einer runden Platte aus verschraubtem Sperrholz, das die eine der gesprungenen Fensterscheiben sicherte. Zwei Häuser weiter war die Konditorei.
Und er stieß mit voller Wucht mit einem unbeweglichen Körper zusammen, der ihm den Rücken zugewandt hatte. Er stieß einen Schrei aus.
»Nicht stoßen«, sagte eine tiefe Stimme, »und bemühen Sie sich gefälligst, mir das Ding da vom Arsch wegzunehmen, wenn ich Ihnen nicht das Maul stopfen soll ...«
»Aber ... also ... was glauben Sie denn?« sagte Orvert.
Er wandte sich zum Überholen nach links. Der nächste Zusammenstoß.
»Was soll das?« sagte eine andere Männerstimme. »Stellen Sie sich an, wie jeder hier.«
Großes Gelächter.
»Wie bitte?« sagte Orvert.

»Na klar«, sagte eine dritte Stimme, »Sie kommen ganz bestimmt wegen Nelly.«
»Ja«, stotterte Orvert.
»Dann stellen Sie sich gefälligst hinten an«, sagte der Mann. »Wir sind schon sechzig.«
Orvert antwortete nicht. Ihm blutete das Herz.
Er machte sich wieder auf den Weg, ohne zu wissen, ob sie ihre kleine gemusterte Schürze anhatte.
Er bog in die erste Straße links ein. Eine Frau kam in umgekehrter Richtung.
Sie fielen beide sitzend hin.
»Ich bitte um Entschuldigung«, sagte Orvert.
»Es war meine Schuld«, sagte die Frau. »Sie hielten sich rechts.«
»Darf ich Ihnen auf die Beine helfen?« sagte Orvert. »Sie sind allein, ja?«
»Und Sie?« sagte sie. »Sie werden sich doch nicht zu fünft oder sechst auf mich stürzen?«
»Sie sind also eine Frau?« fuhr Orvert fort.
»Überzeugen Sie sich selbst«, sagte sie.
Sie hatten sich einander genähert, und Orvert fühlte an seiner Wange langes und seidiges Haar. Sie knieten einer vor dem andern.
»Wo kann man ungestört sein?« fragte er.
»Mitten auf der Straße«, sagte die Frau.
Sie begaben sich dorthin, sich vom Rand des Bürgersteigs aus hintastend.
»Ich bin scharf auf Sie«, sagte Orvert.
»Ich auch auf Sie«, sagte die Frau. »Ich heiße ...«
Orvert unterbrach sie.
»Das ist mir egal«, sagte er. »Ich will nur das wissen, was meine Hände und mein Körper wissen werden.«
»Bedienen Sie sich«, sagte die Frau.
»Natürlich«, stellte Orvert fest, »sie haben weiter nichts an.«
»Sie auch nicht«, sagte sie.

Er schmiegte sich an sie.
»Wir haben keine Eile«, sagte sie. »Beginnen Sie bei den Füßen und kommen Sie dann langsam höher.«
Orvert war schockiert. Er sagte es.
»Auf diese Weise erleben Sie alles bewußter«, sagte die Frau. »Wir haben nur mehr, wie Sie selbst sagten, die Möglichkeit der Erforschung unserer Haut zur Verfügung. Vergessen Sie nicht, daß ich keine Angst mehr vor Ihrem Blick habe. Mit Ihrer erotischen Autonomie ist es aus. Seien wir freimütig und direkt.«
»Sie formulieren gut«, sagte Orvert.
»Ich lese *Les Temps Modernes*«, sagte die Frau. »Also los, vollziehen Sie rasch meine sexuelle Initiation.«
Was Orvert zu zahlreichen Wiederholungen und unterschiedlichen Methoden stimulierte. Sie besaß unzweifelhafte Fähigkeiten, und der Bereich des Möglichen erweitert sich, wenn man keine Angst hat, daß es hell wird. Und schließlich, es gibt da keine Abnutzungserscheinungen. Der Unterricht, den Orvert ihr in zwei oder drei nicht zu verachtenden Kunstkniffen erteilte und die Praxis einer mehrmals wiederholten symmetrischen Verbindung brachte Vertrauen in ihre Beziehungen. Es herrschte ein einfaches und süßes Leben, das die Menschen der Erscheinung des Gottes Pan ähnlich machte.

3

Unterdessen gab das Radio bekannt, daß Wissenschaftler einen regelmäßigen Rückgang des Phänomens beobachteten und daß die Nebeldecke von Tag zu Tag dünner würde.
Da die Bedrohung immens war, gab es eine große Ratsversammlung. Man fand aber schnell eine Lösung, denn der Genius des Menschen tritt in tausenderlei Schattierungen auf, und als der Nebel sich auflöste, was Spezialmeßgeräte anzeigten, konnte das Leben glücklich weitergehen, denn alle hatten sich die Augen ausgestochen.

Tu mir weh, Johnny

1

Als ich kam, ist er aufgestanden
Nicht grad ein Riese, doch ganz nett
Ich dachte, der kann bei mir landen
Den Süßen brauch ich für mein Bett!
Ich nahm ihn rauf in meine Stube
Er ging mir grade bis zum Kinn
Doch er war ganz schön stark, der Bube
Ich rief: Na los, schmeiß mich schon hin.

Tu mir weh, Johnny, Johnny, Johnny
Mach mich ganz verrückt – wumm!
Tu mir weh, Johnny, Johnny, Johnny:
So ist Liebe herrlich – zumm!

2

Er trug jetzt nur noch seine Socken
So schön geringelt, grün und rot
Er guckte blöde und erschrocken
Kapierte nichts, dieser Idiot.
Als er gar anfing, zu beteuern
Er tue keiner Fliege was
Mußt ich ihm einfach eine scheuern
Ich schrie ihn an: Mach dich nicht naß.

Tu mir weh, Johnny, Johnny, Johnny
Ich bin keine Fliege – zumm!
Tu mir weh, Johnny, Johnny, Johnny:
So ist Liebe herrlich – wumm!

3

Da ihn das auch nicht weiter kratzte
Hab ich den Kerl zur Sau gemacht
So arg, daß ihm der Kragen platzte –
Da ist er endlich aufgewacht.
Und hat gesagt: Halt bloß die Fresse
Hältst du mich etwa für senil
Dann irrst du dich in der Adresse
Magst dus brutal? Ich spiel dein Spiel.

Du tust mir weh Johnny, Johnny, Johnny
Doch nicht mit dem Fuß – nein –– boing.
Bitte hör auf, Johnny, Johnny, Johnny:
So ist Liebe scheußlich – zoink!

4

Er hat sein Hemdchen angezogen
Den kleinen Anzug und die Schuh –
Ich lag da, wimmernd und verbogen
Er machte – rumms! – die Türe zu.
Ganz grün und blau sind meine Glieder
Ein Arm verrenkt, ich krieg kaum Luft
Eins weiß ich ganz genau: nie wieder
sag ich zu so 'nem groben Schuft:

Tu mir weh, Johnny, Johnny, Johnny
Mach mich ganz verrückt – wumm!
Tu mir weh, Johnny, Johnny, Johnny:
So ist Liebe herrlich – bumm!

Warum heiratest du sie nicht?

Es scheint eindeutig erwiesen, daß kleine Kinder und junge Tiere an allem saugen, was ihnen in den Mund kommt, und daß man ihnen beibringen muß, an der richtigen Stelle zu saugen.

(Lord Raglan, »Das Inzesttabu«, Payot, 1935, Seite 29)

Anne fand seinen Koffer recht schwer; er fragte sich, ob es nicht falsch war, sich mit einer gewissen Anzahl entbehrlicher Artikel zu belasten. Aus reiner Unredlichkeit gab er sich keine Antwort, wodurch er die letzte Stufe der gewachsten Treppe verfehlte. Sein Fuß ging nach vorn, und in einer gleichzeitigen Bewegung warf sein rechter Arm den Koffer durch die Scheibe des Oberlichts. Er stand schnell wieder auf, sauste mit einem Satz durch die Tür und fing seinen Koffer auf, als er auf der anderen Seite herunterfiel. Das Gewicht ließ ihn sich krümmen und unter der Anstrengung, die er aufbot, blähte sich sein Hals auf und riß den Kragenknopf aus glänzendem Metall ab, den er fünf Jahre zuvor auf einem Danksagungsbazar gekauft hatte. Sogleich lockerte sich seine Krawatte um mehrere Zentimeter, und er mußte wieder ganz von vorne anfangen. Er hob den Koffer auf, warf ihn unter unmenschlichen Anstrengungen auf die andere Seite des Oberlichts, lief rückwärts hinein, um ihn am Fuße der Treppe in Empfang zu nehmen und kletterte sehr schnell, im Rückwärtsaufstieg, die letzten zehn Stufen hinauf. Er stieß einen Seufzer der Erleichterung aus, als er spürte, wie sich seine Krawatte wieder zusammenzog und der Kragenknopf von neuem seinen Adamsapfel kitzelte.

Diesmal ging er unbehindert aus dem Haus und machte eine Biegung, um dem Bürgersteig zu folgen.

Rochelle verließ ebenfalls ihre Wohnung und sie beeilte sich, um am Bahnhof zu sein, bevor der Zugschaffner den Abfahrtsschuß gab. Aus wirtschaftlichen Gründen benutzte die Nationale Eisenbahn altes, nasses Pulver und drückte eine halbe Stunde vorher ab, damit der Schuß ungefähr im gewünschten Augenblick losging; aber manchmal ertönte er fast gleich darauf. Sie hatte viel Zeit damit verloren, sich für die Reise anzuziehen; das Ergebnis war außergewöhnlich.

Durch die Öffnung eines leichten Mantels aus Kräuselwolle sah man ein Stück ihres lindgrünen Kleides von ganz schlichtem Schnitt. Ihre Beine steckten stramm in einem Paar feiner Nylonstrümpfe, und ein Paar Schuhe aus Wildleder umhüllten ihre zarten Füße. Ihr Koffer folgte ihr in einer Entfernung von wenigen Schritten, getragen von ihrem kleinen Bruder; er war gekommen, um ihr freiwillig zu helfen, und um ihn zu belohnen, vertraute ihm Rochelle diese Präzisionsarbeit an.

Ganz in der Nähe war das klaffende Loch der Metro, die Gruppen Unvorsichtiger in ihren schwarzen Schlund zog. In Abständen erfolgte die umgekehrte Bewegung und mühsam spuckte sie ein Paket blaß gewordener, geschwächter Individuen aus, die an ihren Kleidern den Geruch der Eingeweide des Ungeheuers trugen, die stark stanken.

Rochelle drehte den Kopf nach rechts und nach links, mit den Augen ein Taxi suchend, denn der Gedanke an die Metro erschreckte sie. Mit einem Sauggeräusch schluckte diese letztere vor ihren Augen fünf Personen, davon drei vom Lande, denn sie trugen Gänsekörbe, und sie mußte die Augenlider schließen, um sich wieder zu fangen. Es war nicht ein einziges Taxi in Sicht. Die Flut der Wagen und Autobusse, die die abschüssige Straße hinuntersausten, machten sie schwindlig. Ihr kleiner Bruder holte sie in dem Augenblick ein, in dem sie, gebrochen, sich ebenfalls von der hinterlistigen Treppe schnappen lassen wollte, und es gelang ihm, sie zurückzuhalten, indem er den Saum ihres Kleides packte. Seine Gebärde hatte zur Folge, daß die hinreißenden Schenkel Rochelles

enthüllt wurden und Männer in Ohnmacht fielen; sie stieg die verhängnisvolle Stufe wieder hinauf und küßte ihren kleinen Bruder, um ihm zu danken. Zum Glück für sie war der Körper einer der Personen, denen es gerade schlecht geworden war, vor die Räder eines Taxis gestürzt, dessen Reifen erbleichten und das hielt.
Rochelle lief hin, gab dem Fahrer die Adresse an, ergriff den Koffer, den ihr kleiner Bruder ihr zuwarf. Er sah ihr zu, wie sie wegfuhr, und mit der rechten Hand warf sie ihm durch die Heckscheibe, vor der ein makabrer Plüschhund hing, Küsse zu.
Die von Angel am Vortag gelöste Platzkarte trug charakteristische Nummern, und die Gesamtheit der Angaben, die ihr fünf Bahnbeamte nacheinander machten, stimmten mit der allgemeinen Vorstellung überein, die sie aus der Prüfung der Anschläge gewann. So fand sie auch ohne Mühe ihr Abteil. Anne war gerade angekommen und legte seinen Koffer ins Gepäcknetz; sein Gesicht war schweißgebadet; seine Jacke lag schon auf seinem Platz, und Rochelle bewunderte seine Bizepse durch den gesteiften Baumwollpopelin seines Hemdes hindurch. Er sagte ihr guten Tag, wobei er ihr die Hand küßte, und seine Augen glänzten vor Zufriedenheit.
»Das ist ja wunderbar! Sie sind pünktlich!«
»Ich bin immer pünktlich«, sagte Rochelle.
»Dabei sind Sie es doch gar nicht gewöhnt zu arbeiten.«
»Oh!« sagte Rochelle. »Ich hoffe, daß ich es mir auch nicht zu schnell angewöhnen werde.«
Er half ihr, ihre Sachen unterzubringen, denn sie hatte immer noch ihren Koffer in der Hand.
»Entschuldigen Sie bitte. Ich habe Sie angeschaut...«
Rochelle lächelte. Sie hatte diese Entschuldigung sehr gern.
»Anne...«
»Was?«
»Dauert diese Reise lange?«
»Sehr lange. Wir müssen anschließend das Schiff nehmen,

und wieder einen Zug, dann gehts mit dem Auto durch die Wüste.«
»Das ist wunderbar«, sagte Rochelle.
»Das ist ganz wunderbar.«
Sie setzten sich nebeneinander auf die Bank.
»Angel ist da…«, sagte Anne.
»Ah!«
»Er ist wieder weggegangen, um was zum Lesen und zum Essen zu holen.«
»Wie kann er nur ans Essen denken, wo wir doch beide da sind…«, murmelte Rochelle.
»Auf ihn hat das nicht die gleiche Wirkung.«
»Ich mag ihn gern«, sagte Rochelle, »aber er ist überhaupt nicht poetisch.«
»Er ist ein wenig in Sie verliebt.«
»Dann dürfte er nicht an was zu essen denken.«
»Ich glaube nicht, daß er seinetwegen daran denkt«, sagte Anne. »Vielleicht doch, aber ich glaube es nicht.«
»Ich kann an nichts anderes denken als an diese Reise … mit Ihnen…«
»Rochelle…«, sagte Anne. Er sprach ganz leise.
»Anne…«
»Ich möchte Sie küssen.«
Rochelle sagte nichts, aber sie rückte ein wenig ab.
»Sie verderben alles«, sagte sie. »Sie sind wie alle andern Männer.«
»Wäre es Ihnen lieber, wenn ich Ihnen sagte, daß Sie überhaupt keinen Eindruck auf mich machen?«
»Sie sind nicht poetisch.«
Ihre Stimme klang enttäuscht.
»Bei einem so hübschen Mädchen wie Ihnen kann man nicht poetisch sein«, sagte Anne.
»Dann würden Sie wohl auch jede dumme Gans gern küssen. Das hab ich mir doch gleich gedacht.«
»Seien Sie doch nicht so, Rochelle.«

»Wie denn?«
»So ... garstig.«
Sie rückte ein klein wenig näher, aber sie schmollte auch weiterhin.
»Ich bin nicht garstig.«
»Sie sind wunderbar.«
Rochelle hatte große Lust, daß Anne sie küßte, aber man mußte ihn ein wenig erziehen. Man darf sie nicht einfach machen lassen.
Anne rührte sie nicht an, er wollte ihr nicht Gewalt antun. Nicht alles zur gleichen Zeit. Und außerdem war sie sehr sensibel. Sehr sanft. So jung. Rührend. Sie nicht auf den Mund küssen. Vulgär. Liebkosungen, die Schläfen, vielleicht die Augen. Am Ohr. Ihr zuerst die Arme um die Taille legen.
»Ich bin nicht wunderbar.«
Sie machte Anstalten, den Arm wegzuschieben, den Anne ihr gerade um die Taille gelegt hatte. Er zeigte sehr wenig Widerstandskraft. Wenn sie gewollt hätte, hätte er ihn weggenommen.
»Falle ich Ihnen auf die Nerven?«
Sie wollte nicht.
»Sie fallen mir nicht auf die Nerven. Sie sind wie alle andern auch.«
»Das ist nicht wahr.«
»Man weiß doch ganz genau, was Sie jetzt tun werden.«
»Nein«, sagte Anne, »ich werde Sie nicht küssen, wenn Sie nicht wollen.«
Rochelle gab keine Antwort und schlug die Augen nieder. Annes Lippen waren ganz nahe bei ihren Haaren. Er sprach ihr ins Ohr. Sie spürte seinen Atem, leicht und verhalten; sie rückte von neuem ab.
Anne mochte das nicht. Das letzte Mal, im Auto, wie hatte er sie da abgeknutscht ... Und sie hatte es zugelassen. Aber hier, sofort ihre Hochnäsigkeit. Man kann doch nicht jedesmal einen Kerl überfahren, wenn man gern ein Mädchen küssen

möchte. Um sie in Empfangsbereitschaft zu versetzen. Er rückte fest entschlossen näher, packte ihren Kopf und drückte seine Lippen auf die rosigen Wangen Rochelles. Ohne draufzudrücken. Sie leistete ein wenig Widerstand. Nicht lange.

»Nein…«, murmelte sie.

»Ich wollte Ihnen nicht lästig fallen«, sagte Anne in einem Atemzug.

Sie drehte ein wenig ihr Gesicht herum und überließ ihm ihren Mund. Sie biß ihn zum Spiel. Ein so großer Junge. Man muß sie auch Mores lehren. Sie hörte ein Geräusch bei der Tür und ohne die Stellung zu ändern, sah sie hin, was es war. Es war der Rücken Angels, der sich im Seitengang des Eisenbahnwagens entfernte.

Rochelle streichelte Annes Haare.

ÜBERGANG

Fast alle handelnden Personen haben jetzt ihre Plätze eingenommen, und es werden sich daraus Dinge der verschiedensten Art ergeben. Zunächst einmal der Bau der Eisenbahn, und das stellt ein ganz schönes Stück Arbeit dar, weil sie den Schotter vergessen haben. Dabei ist der ganz wichtig, und man kann ihn nicht durch Schneckenhäuschen kleiner gelber Schnecken ersetzen, wie es niemand vorgeschlagen hat. Die Schienen werden vorläufig an den Schwellen festgeschraubt und in der Luft hängengelassen, bis der Schotter kommt und darunter aufgeschüttet wird. Natürlich kann man ein Gleis auch auf diese Weise bauen. Dabei habe ich nicht diese Geschichte mit dem Schotter im Auge gehabt, als ich angekündigt habe, ich würde auch von den Kieselsteinen der Wüste erzählen. Sicherlich lag darin so etwas wie eine grobe und leicht intellektuelle symbolische Darstellungsweise, doch es versteht sich von selbst, daß sich die Atmosphäre einer solchen Wüste auf die Dauer als leidlich deprimierend erweist, hauptsächlich wegen dieser schwarzstreifigen Sonne.

Das Wetter war kühl und gewittrig, ohne eine Spur von Wind. Die grünen Gräser standen wie gewöhnlich starr und steif, und die Sonne bleichte unermüdlich ihre scharfen Spitzen. Erschöpft schlossen sich die Moosblumen halb; Joseph Barrizone hatte alle Jalousien seines Restaurants, über dem ein Flimmern aufstieg, heruntergelassen. Davor wartete das gelbschwarze Taxi mit hochgeklapptem Schild. Die Lastwagen waren gerade auf der Suche nach Schotter weggefahren, und die Ingenieure arbeiteten in ihren Zimmern, während die ausführenden Organe damit begannen, das Ende der Schienen, die nicht rechtwinklig geschnitten waren, abzufeilen; in der Atmosphäre dröhnte das melodische Quietschen der neuen Feilen. Angel sah von seinem Fenster aus Olive und Didiche, die Hand in Hand weggingen, um einen kleinen braunen Korb mit Brimmen zu füllen. Neben ihm trocknete die Tinte auf seinem Zeichenbrett. In dem Raum nebenan stellte Anne Berechnungen an, und etwas weiter diktierte Amadis Rochelle Briefe, während in der Kneipe unten dieser Schuft von Arland einen trank, bevor er Marin und Carlo wieder anschnauzen ging. Über sich hörte Angel die Schritte von Professor Frißtfrist dröhnen, der den ganzen Speicher zu einem vorbildlichen Krankenrevier umgebaut hatte. Da niemand krank war, benutzte er den Operationstisch, um darauf seine kleinen Flugzeuge zu bauen. Von Zeit zu Zeit hörte Angel ihn vor Freude in die Luft springen, und manchmal drang Geschrei mit einem heftigen Geräusch in die Zimmerdecke, nämlich dann, wenn er den Assistenzarzt anschnauzte, dessen jammerndes Timbre darauf eine Weile summte.

Von neuem beugte sich Angel über sein Zeichenbrett. Wenn man sich an die Angaben Amadis Dudus hielt, konnte es nicht den geringsten Zweifel geben. Er schüttelte den Kopf und legte seine Reißfeder hin. Er streckte sich und ging mit gelangweiltem Schritt zur Tür.

»Kann ich hereinkommen?«

Es war Angels Stimme. Anne sah auf und sagte ja.
»Grüß dich, alter Junge.«
»Guten Tag«, sagte Angel. »Kommst du voran?«
»Ja«, sagte Anne. »Ich bin fast fertig.«
»Eines finde ich unangenehm.«
»Was?«
»Man wird Barrizone enteignen müssen.«
»Sag nur?« sagte Anne. »Ist das sicher?«
»Absolut sicher. Ich habe meine Dings zweimal gemacht.«
Anne schaute sich die Berechnungen und die Zeichnung an.
»Du hast recht«, sagte er. »Die Bahnlinie wird mitten durchs Hotel führen.«
»Was sollen wir tun?« sagte Angel. »Wir müssen sie umleiten.«
»Amadis wird nicht wollen.«
»Sollen wir ihn fragen gehen?«
»Gehen wir«, sagte Anne.
Er entfaltete seinen massigen Körper und stieß den Stuhl zurück.
»So was Blödes«, sagte er.
»Ja«, sagte Angel.
Anne ging hinaus. Angel folgte ihm und schloß die Tür. Anne gelangte vor der Tür von Amadis an, hinter der man ein Stimmengewirr hörte und die kurzen Explosionen der Schreibmaschine. Er klopfte zweimal.
»Herein!« rief Amadis.
Die Maschine setzte aus. Anne und Angel gingen hinein, und Angel schloß die Tür.
»Was ist los?« fragte Amadis. »Ich mag es nicht, wenn man mich stört.«
»Es haut nicht hin«, sagte Anne. »Nach Ihren Angaben wird die Eisenbahnlinie das Hotel durchschneiden.«
»Welches Hotel?«
»Dieses hier. Das Hotel Barrizone.«
»Na und«, sagte Amadis. »Was macht das schon? Wir werden ihn enteignen lassen.«

»Kann man die Linie nicht umleiten?«
»Sie sind wohl krank, mein Freund«, sagte Amadis. »Und überhaupt, warum mußte sich Barrizone ausgerechnet mitten in der Wüste niederlassen, ohne sich zu fragen, ob das niemanden stören würde?«
»Es störte niemanden«, bemerkte Angel.
»Sie sehen, daß es doch stört«, sagte Amadis. »Meine Herren, Sie werden bezahlt, um Berechnungen anzustellen und Pläne zu zeichnen. Ist das geschehen?«
»Wir sind dabei«, sagte Anne.
»Nun, wenn Sie noch nicht fertig sind, dann sehen Sie zu, daß Sie damit fertig werden. Ich werde den großen Verwaltungsrat mit dieser Angelegenheit befassen, aber es steht außer Zweifel, daß die vorgesehene Trassierung beibehalten werden muß.«
Er wandte sich an Rochelle.
»Machen wir weiter, Mademoiselle.«
Angel sah Rochelle an. Im Licht der heruntergelassenen Jalousie hatte sie ein sanftes, regelmäßiges Gesicht, doch die Müdigkeit hatte ihre Augen ein wenig überanstrengt. Sie lächelte Anne zu. Die beiden Burschen verließen Amadis' Büro.
»Na?« sagte Angel.
»Wir machen eben weiter«, sagte Anne und zuckte die Achseln. »Was kann uns eigentlich daran liegen?«
»Oh, nichts«, murmelte Angel.
Am liebsten wäre er zu Amadis reingegangen, hätte ihn getötet und Rochelle geküßt. Der Fußboden im Flur aus ungehobelten Brettern roch ein wenig nach Waschbrühe, und gelber Sand kam aus den Ritzen. Am Ende des Flurs bewegte ein leichter Luftzug einen schweren Moosblumenzweig vor dem Fenster. Angel hatte von neuem dieses Gefühl wachzuwerden, das er an jenem Abend gehabt hatte, als sie Claude Léon einen Besuch abstatteten.
»Ich habe die Nase voll«, sagte er. »Komm, wir machen einen Spaziergang.«

»Wieso das?«
»Laß deine Berechnungen. Wir machen einen Gang.«
»Wir müßten sie trotzdem abschließen«, sagte Anne.
»Wir werden sie hinterher abschließen.«
»Ich bin völlig kaputt«, sagte Anne.
»Deine eigene Schuld.«
Anne lächelte selbstgefällig.
»Es ist meine eigene Schuld«, sagte er, »aber nicht ganz. Wir sind zu zweit bei der Sache.«
»Du hättest sie ja nicht mitzunehmen brauchen«, sagte Angel.
»Dann hätte ich nicht so großen Schlaf.«
»Niemand zwingt dich, jeden Abend mit ihr zu schlafen.«
»Sie hat das gern«, sagte Anne.
Angel zögerte, bevor er es sagte.
»Sie hätte das auch mit jedem andern gern.«
»Das glaube ich nicht«, antwortete Anne.
Er dachte ein wenig nach. Er sprach ohne Überheblichkeit.
»Mir wäre es lieber, sie würde es so ziemlich mit jedem treiben, und es wäre mir egal. Aber sie will es nur mit mir machen; außerdem wäre es mir noch nicht egal.«
»Warum heiratest du sie nicht?«
»Oh«, sagte Anne, »weil ein Augenblick kommen wird, wo es mir egal ist. Auf diesen Augenblick warte ich.«
»Und wenn er nicht kommt?«
»Es wäre möglich, daß er nicht käme«, sagte Anne, »wenn sie meine erste Frau wäre. Aber es gibt immer so etwas wie einen Abbau. Die erste liebst du sehr heftig, meinetwegen zwei Jahre lang. Und dann stellst du fest, daß sie nicht mehr so auf dich wirkt wie früher.«
»Warum denn nicht?« sagte Angel. »Wenn du sie liebst.«
»Glaub mir«, sagte Anne. »Es ist so. Es kann länger dauern als zwei Jahre, oder weniger lang, falls du eine schlechte Wahl getroffen hast. Du stellst dann fest, daß eine andere so auf dich wirkt, wie die erste auf dich gewirkt hat. Und so fort. Wohlgemerkt, du kannst die erste nach wie vor treffen, lieben, mit ihr

schlafen, aber es ist nicht mehr das gleiche. Es wird so etwas wie ein Reflex.«

»Deine Geschichte ist uninteressant«, sagte Angel. »Ich glaube nicht, daß ich so bin.«

»Du kannst gar nichts dagegen tun«, sagte Anne. »Wir sind alle so. Im Grunde braucht man nicht eigens eine Frau.«

»Physisch«, sagte Angel, »vielleicht.«

»Nein«, sagte Anne. »Nicht nur physisch; selbst intellektuell gesehen ist keine Frau unentbehrlich. Sie sind zu verquer.«

Angel sagte nichts. Sie waren im Flur stehengeblieben, Anne lehnte sich an den Rahmen der Tür seines Büros. Angel schaute ihn an. Er atmete etwas heftiger und dann sprach er.

»Das sagst ausgerechnet du, Anne ... Das sagst ausgerechnet du?«

»Ja«, sagte Anne. »Ich weiß.«

»Wenn man mir Rochelle geben würde«, sagte Angel, »wenn sie mich lieben würde, bräuchte mich nie eine andere Frau zu lieben.«

»Doch, in zwei, drei oder vier Jahren. Und wenn sie dich dann noch genauso lieben würde, würdest du es einzurichten wissen, dich zu verändern.«

»Warum?«

»Damit Sie dich nicht mehr liebt.«

»Ich bin nicht wie du«, sagte Angel.

»Sie haben keine Phantasie«, sagte Anne, »und sie glauben, daß sie ausreichen, um ein Leben zu erfüllen. Aber es gibt noch so viele andere Dinge.«

»Nein«, sagte Angel. »Ich habe das auch gesagt, bevor ich Rochelle gekannt habe.«

»Daran hat sich nichts geändert. Das hat nicht aufgehört, wahr zu sein, weil du Rochelle kennst. Es gibt so viele andere Dinge. Allein schon dieses grüne, spitze Gras. Allein dieses Gras anfassen und zwischen den Fingern ein gelbes Schneckenhaus zu zerbrechen, hier, auf diesem gelben, heißen Sand und die kleinen, leuchtenden braunen Körner anzuschauen, die in diesem trockenen Sand sind und sie zwischen den Fingern zu spüren. Und eine nackte, blaue, kalte Schiene zu sehen, die hell klingt, und Dampf aus einem Auspuff kommen zu sehen oder was weiß ich was sonst noch...«

»Und das sagst ausgerechnet du, Anne...«

»Oder diese Sonne und die schwarzen Zonen ... und wer weiß, was dahinter ist... Oder die Flugzeuge von Professor Frißtfrist, oder eine Wolke oder in der Erde graben und Dinge finden. Oder eine Musik hören.«

Angel schloß die Augen.

»Laß mir Rochelle«, flehte er. »Du liebst sie doch nicht.«

»Ich liebe sie«, sagte Anne. »Aber mehr kann ich nicht tun, auch nicht, daß alles andere nicht mehr existiert. Ich lasse sie dir, wenn du willst. Sie will nicht. Sie will, daß ich die ganze Zeit über an sie denke und daß ich nur für sie und durch sie lebe.«

»Weiter«, sagte Angel. »Sag mir, was sie will.«

»Sie will, daß die übrige Welt tot und abgestumpft ist. Sie will, daß alles vernichtet wird und wir beide allein zurückbleiben. Sie will, daß ich Amadis Dudus Stelle einnehme. Dann wird sie meine Sekretärin sein.«

»Du richtest sie zugrunde«, murmelte Angel.

»Möchtest du, daß du es tust?«

»Ich würde sie nicht zugrunderichten«, sagte Angel.

»Ich würde sie nicht berühren. Sie nur küssen und sie nackt in ein weißes Tuch einschlagen.«

»Sie sind nicht so«, sagte Anne. »Sie wissen nicht, daß es etwas anderes gibt. Sehr wenige wissen es jedenfalls. Es ist nicht ihre Schuld. Sie trauen sich nicht. Sie haben nicht einmal eine Vorstellung von dem, was es zu tun gibt.«

»Aber was gibt es denn zu tun?«

»Auf der Erde sein«, sagte Anne. »Auf der Erde sein auf diesem Sand mit ein wenig Wind und leerem Kopf; oder umhergehen und alles sehen und Dinge tun, Steinhäuser bauen für die Leute, ihnen Autos geben, Licht, alles, was jeder haben kann, damit sie ebenfalls nichts zu tun brauchen und auf dem Sand liegen, in der Sonne, mit leerem Kopf und mit Frauen schlafen.«

»Mal willst du«, sagte Angel, »und mal nicht.«

»Ich will ständig«, sagte Anne, »aber ich will das Übrige ebenfalls.«

»Richte Rochelle nicht zugrunde«, sagte Angel.

Er flehte mit zitternder Stimme. Anne fuhr sich mit der Hand über die Stirn.

»Sie richtet sich selber zugrunde«, sagte er. »Du wirst sie nicht daran hindern können. Hinterher, wenn ich sie verlassen haben werde, wird sie sehr ramponiert aussehen, aber wenn sie dich liebt, wird sie sich sehr schnell wieder erholen. Sie wird fast aussehen wie vorher. Allerdings wird sie sich von neuem verbrauchen und zwar doppelt so schnell, und das wirst du nicht ertragen können.«

»Und dann?« sagte Angel.

»Und dann, ich weiß nicht, was du dann tun wirst«, sagte Anne. »Jedenfalls wird sie sich mit einer Geschwindigkeit verbrauchen, die mit geometrischer Progression zunimmt.«

»Versuch häßlich zu ihr zu sein«, sagte Angel.

Anne lachte.

»Ich kann noch nicht, ich liebe sie noch, ich schlafe noch gern mit ihr.«

»Halt den Mund«, sagte Angel.

»Ich werd meine Berechnungen fertigstellen«, sagte Anne. »Du bist ein Dummkopf. Hübsche Mädchen gibt es überall.«

»Sie langweilen mich«, sagte Angel. »Mein Kummer ist zu groß.«

Anne drückte mit seiner starken Hand seine Schulter.

»Mach einen Spaziergang«, sagte er. »Geh etwas Luft schöpfen. Und denk an was anderes.«

»Ich wollte ja spazierengehen«, sagte Angel. »Aber du hast nicht gewollt. An etwas anderes kann ich nicht denken. Sie hat sich so stark verändert.«

»Aber nein«, sagte Anne. »Sie weiß nur etwas besser, wie sie sich in einem Bett zu verhalten hat.«
Angel schnuffte und ging weg. Anne lachte. Er machte die Tür auf und ging in sein Büro.

Der Kommissar und die Grüne Pantherin

Es gab in der Stadt ein großes Café, das man »Café de la Paix« nannte, wo jeden Abend der berühmte Schauspieler Gabalon seine Freunde und seine Geliebte ausführte, mit dem Geld, das er einer alten, sehr reichen Dame aus der Tasche zog, die hoffnungslos in ihn verliebt war.

Gabalon gab damit an, niemals mit weniger als 500 000 Francs in der Tasche (und einem Revolver) auszugehen, und das war die Wahrheit. Er war ziemlich häßlich, und man konnte nicht verstehen, wie er es fertiggebracht hatte, einen solchen Einfluß auf die alte Dame und auf die Leute zu haben.

Seine Geliebte, die man die Grüne Pantherin nannte, machte sich über Gabalon keine Illusionen, er war ein großer Liebhaber jeglichen Genusses, und sie blieb des Geldes wegen bei ihm.

Ins »Café de la Paix« kam er oft mit dem Polizeikommissar, ein armer und schmächtig aussehender Mann, der mit einer kränklichen Frau geschlagen war. Der Polizeikommissar war sehr in die Grüne Pantherin verliebt, und ihm war es mit Hilfe unablässiger Intrigen gelungen, sich im Freundeskreis von Gabalon vorstellen zu lassen, aber er wagte es trotzdem nicht, sich ihnen jeden Abend anzuschließen.

Natürlich stürzte sich der Polizeikommissar von dem Tage an, da er ihr vorgestellt worden war, in zusätzliche Ausgaben und leistete sich kostspielige Anzüge. Er ging nun zu Pfandleihern, um seine alten Sachen zu verkaufen und Geld zu leihen, aber es sprangen dabei nur lächerlich kleine Summen heraus. Da kam ihm die Idee, Leute zu überfallen, um ihnen ihr Geld abzunehmen. Er sorgte dafür, daß die Polizisten ans andere Ende der Stadt geschickt wurden, und operierte in aller Seelenruhe.

Da er niemals tötete, wurde er ein berühmter Verbrecher in der Stadt. Niemals hinterließ er Indizien.
Eines Tages, als es ihm gelungen war, von der Grünen Pantherin die Gunst zu erlangen, sie auf einem Spaziergang zu begleiten, kamen sie in einen Teil der Stadt, den sie nicht kannten.
Dort wohnte ein alter Schreiner. Vor zwanzig Jahren war der Schreiner jung und aktiv gewesen; er hatte eine kleine Tochter, die er anbetete, und zwanzig Jahre lang hatte er für ihre Mitgift gespart und in seinen freien Stunden an einer wunderbaren hölzernen Kutsche geschnitzt, die er für ihre Hochzeit aufbewahrte. Aber seine Tochter war an ihrem zwanzigsten Geburtstag an Entkräftung gestorben, nach einer langen Krankheit, die die Ersparnisse des alten Schreiners aufgezehrt hatte. Aus Geldmangel mußte er sie in einem kläglichen Grab beerdigen lassen, und er hatte sich dreingeschickt, daß er die Kutsche zum Verkauf anbieten mußte. Doch er wollte 500 000 Francs dafür, und das war ganz schön viel Geld.
Als die Grüne Pantherin die Kutsche sah, wurde sie beinahe verrückt vor Freude bei dem Gedanken, daß es etwas so Schönes gab, und sagte, sie wolle Gabalon bitten, sie ihr zu schenken. Der Kommissar, mit Wut im Bauch, hörte schon im voraus, wie sie sich freute.
Er nahm den alten Schreiner beiseite und sagte ihm, daß er die 500 000 Francs noch am gleichen Abend hätte und die Kutsche kaufen würde. Er wollte sie der Grünen Pantherin schenken.
Am Abend überfiel der Kommissar Gabalon, tötete ihn und nahm ihm die 500 000 Francs weg. Diesmal ließ er drei Indizien in Gabalons Hand gleiten: Stoffetzen und Knöpfe, die er von den Mänteln dreier verschiedener Männer abgerissen hatte, denen er am Nachmittag begegnet war. In Gabalons Brieftasche legte er ein kleines Foto von einem schlecht rasierten Mann. Dann kaufte er die Kutsche und schenkte sie der Grünen Pantherin.

Die Polizisten hatten die drei Männer schnell gefunden, denen die Knöpfe abgerissen worden waren, und sie schleppten sie aufs Kommissariat. Man schor sie, und der Kommissar spürte kalten Schweiß im Rücken, denn die drei sahen einander ähnlich wie Brüder.
Unter Folter und ständigen Schlägen der Polizisten gestanden die drei Männer.
Der eine bewohnte ein großes Schloß, dessen Räume so immens groß waren, daß die Dienstboten allesamt ehemalige Läufer waren und an einer Herzkrankheit starben, nachdem sie die ganze Zeit durch die Räume gelaufen waren.
Der andere hatte in obskuren Gewächshäusern schwarze Orchideen mit silbernen Blättern und einem kleinen blutenden Auge, dessen Blick einen durch und durch musterte.
Der dritte lebte in der Vorstadt, in einem schäbigen Garten, der durch ein Gitter abgezäunt war; es gab einen Hühnerstall und Kinder, deren Backen mit roter Marmelade verschmiert waren und die Konservendosen in den schäbigen Garten warfen.
Als die drei Männer gestanden hatten, atmete der Kommissar auf. Das Verfahren kam schnell voran, und bald schlug man ihnen den Kopf ab.
Der Kommissar konnte jedoch den Unterhalt der Grünen Pantherin nicht bestreiten und verschuldete sich immer tiefer. Die schöne vergoldete Kutsche war nur ein Spielzeug unter vielen anderen, und jedesmal, wenn er sie daran erinnerte, wurde sie wütend und lachte ihm ins Gesicht.
Sie verließ ihn bald darauf, um mit einem reichen Geschäftsmann zusammenzuleben, der Unternehmer war und Grabmäler baute; er hatte soeben 500 000 Francs für ein häßliches Pappgrab verdient – das er dem alten Schreiner angedreht hatte.
Der Kommissar war jetzt ganz allein, und seine Frau sah immer mehr wie eine Tote aus. Es kam ein Abend, an dem ihn die Reue derart in der Zange hatte, daß er beichten ging.

Als der Priester die Aufzählung von so vielen furchtbaren Verbrechen hörte, schleuderte er ihm empört den Bannfluch entgegen und jagte ihn aus der Kirche, wo dumpfes Donnergrollen den Zorn des Herrn bekundete. Das Unwetter begann zu toben. Der Kommissar erreichte sein Büro. Es war tiefschwarze Nacht geworden. Und große purpurne Schmetterlinge kamen und flogen gegen sein Fenster. Es waren drei.

Bei einem heftigeren Windstoß zersplitterte die Scheibe. Der Wind legte sich augenblicklich, und die Schmetterlinge aus rotem Samt begannen, um seinen Kopf zu fliegen.

Es war eine furchtbare Jagd. Einen nach dem andern trieb der Kommissar sie in eine Ecke und fiel über sie her. Als er die drei Kadaver vor sich liegen sah, erkannte er voller Schrecken, daß die Blutflecken das Foto der drei Männer abzeichneten, die er von seinen Polizisten hatte ermorden lassen.

In seinem Papierkorb fand er den blutenden Kopf Gabalons, der grölte.

Der Kommissar floh in die Nacht hinaus und schlich sich zur Pantherin. Der entfesselte Wind legte von neuem los, und er hatte Angst. Die Schmetterlinge verfolgten ihn.

Die Pantherin gab einen Ball, und man ließ ihn durch die Diener hinauswerfen.

Er irrte zu den Pferdeställen und fand die Kutsche demoliert im Regen. Er spannte ein wildes Pferd ein und fuhr im Galopp auf der Straße dahin.

Es blitzte. Der Kommissar lag mit schwarzem Gesicht am Straßenrand, und das Pferd sprengte davon.

Der Voyeur

1 Es schien, als hätten die Urlauber in jenem Jahr Vallyeuse zugunsten belebterer Orte gemieden. Der Schnee auf dem kleinen Pfad, der den einzigen Zugang zum Dorf darstellt, blieb unberührt, und die Fensterläden des »Hotels«, wenn man das winzige Chalet aus rotem Holz, das den Elfensprung überragte, mit diesem Namen zieren kann, schienen an die Fenster geklebt zu sein.
Im Winter war Vallyeuse in einem lethargischen Schlaf versunken. Man hatte aus diesem abgelegenen Ort nie ein modisches Wintersportziel machen können: er kam nicht an. Einige Werbeschilder, Spuren dieser Versuche, bekannt zu werden, verunstalteten eine Zeitlang die heftige und großartige Landschaft des Dreischwesterntals; aber der Wind und der Regen, die so unermüdlich und tückisch ihr Werk tun, daß mit der Zeit selbst die härtesten Felsen verwittern, machten aus ihnen wieder Holzplanken, die sich mit Moos überzogen und in das wilde Aussehen des Tals einpaßten. Die hohe Lage des Ortes mußte selbst die Hartnäckigsten entmutigen; den anderen bot er nicht den bequemen Komfort der Skilifte, der Seilbahnen und der Paläste, die für die planmäßige Ausbeutung der Brieftaschen gedacht sind. Der Flecken Vallyeuse selbst verstreute seine vier oder fünf Häuser sechs Kilometer vom Chalet entfernt in einem vom Berg verborgenen Winkel so gut, daß die Reisenden, die im Hotel abstiegen, sich ans Ende der Welt verschlagen glauben konnten, auf einen fremden Kontinent, und sich ganz überrascht zeigten, wenn sie feststellten, daß der Empfangschef des Hotels schließlich doch die gleiche Sprache sprach wie sie. Sprach ... wenn man das so sagen kann ... denn dieser schweigsame Mann mit dem von den langen Touren durch den Schnee wettergegerbten Gesicht sprach noch nicht einmal drei Worte pro Tag. Sein Empfang war übrigens so reser-

viert, sein Mangel an Begeisterung so auffällig für jeden, der versuchte, sich bei ihm häuslich einzurichten, daß die Einsamkeit und Ruhe des Ortes sich leicht erklären ließen; nur die wirklichen Fanatiker konnten sich mit einer solch kühlen Aufnahme abfinden. Zudem rechtfertigten die schwindelerregenden Steilhänge - sie waren die Belohnung, die den Ausdauernden vorbehalten blieb und schienen ausgesprochen für Schnelligkeit berechnet zu sein - dieses Durchhaltevermögen und beglückten mit ihrem vollkommenen Schnee die Waghalsigen, die sich so weit von den modischen Orten weg vorgetraut hatten.

Jean erblickte das Hotel vom Gipfel des steilen Hangs aus, den er gerade erklommen hatte, keuchend von den zusammentreffenden Auswirkungen seiner Skier, des schweren Koffers und der Höhe. Das hier war schon das, was man ihm versprochen hatte: der einzigartige Ausblick, die Einsamkeit, die schneidende Luft, die einem wild ins Gesicht peitschte, trotz der Sonne, die von allen Seiten auf einen strahlte. Er blieb stehen und wischte sich die Stirn. Ohne sich um den Wind zu kümmern, war er nackt bis zum Gürtel, und seine Haut färbte sich unter den starken Strahlen des blendenden Balls kupferrot. Er beschleunigte den Schritt, als er das Ziel so nahe sah. Seine Schuhe sanken tief in den Schnee ein und drückten die Zackenlinie seiner Gummisohlen darauf. Der Schatten am Rande der Eindrücke war von einem leichten Blau wie blasses Wasser. Eine überschäumende Freude bemächtigte sich seiner, die Freude, die man bei der Berührung mit einer unbestreitbaren Reinheit empfindet, Freude über all dieses Weiß, über diesen Himmel, der viel blauer war als alle Himmel des Mittelmeers, über diese Tannen, die schwer waren von Puderzucker, und über das Chalet aus rotem Holz, das man sich warm und behaglich vorstellte, mit einem großen, weißen, steinernen Kamin, wo Holzscheite ohne Rauch verglühen mußten in einem orangefarbenen dichten Feuer.

Einige Meter vom Hotel entfernt machte Jean halt, knotete die Ärmel des dicken Pullovers auseinander, den er an seinen Gürtel gebunden hatte, und zog sich wieder an, bevor er eintrat. Dann lehnte er seine Skier gegen die Hauswand, ließ seinen Koffer stehen und sprang in drei Schritten die Holzstufen hoch, die über eine Art Balkon zum Eingang des Chalets führten, ein Meter über der Erde um das ganze Gebäude herum.
Ohne zu klopfen, drückte er die Eisenklinke und trat ein.
Im Chalet war es dunkel. Die Fenster, die ziemlich klein waren und so die Kraft der Kälte verminderten, ließen gerade eben genug Licht ein, um die Kupfergegenstände, die die Wände verzierten, im Vorbeigehen kurz aufblitzen zu lassen. Ganz allmählich gewöhnte man sich jedoch an die fast vollständige Dunkelheit; aber jedesmal, wenn man hinausblickte, blinzelte man, geblendet von der Kraft der Sonne auf der silbrigen Schneedecke, und hatte Mühe, sich wieder an die etwas geheimnisvolle Stille des Hotels zu gewöhnen.
Es herrschte eine angenehme Wärme; eine tückische Betäubung ergriff einen, lud dazu ein, sich in einem der Sessel aus knarrendem Korbweidengeflecht auszustrecken, eines der Bücher zu nehmen, welche die Regale auf halber Höhe zierten, und allmählich unter dem Knacken des roten und lackierten Tannenholzes, mit dem der ganze Raum getäfelt war, einzunicken. Jean entspannte sich, überwältigt von der Atmosphäre dieses niedrigen Raumes mit den massiven Deckenbalken.
In der darüberliegenden Etage gab es ein Geräusch von Schritten, im hallenden Treppenhaus ein Hinunterpurzeln, Gelächter, und drei Mädchen in Skikleidung sausten wie der Wirbelwind vor ihm her, so schnell, daß er kaum Zeit hatte, sie anzusehen. Unter den Kapuzen ihrer schwarzen Anoraks leuchteten ihre Augen alle mit dem gleichen gesunden Glanz. Ihre Haut, von der Sonne geglättet, machte Lust darauf, hineinzubeißen. Alle drei erschienen in ihren Keilhosen, die

schwarz waren wie die Anoraks, geschmeidig und kräftig wie junge, freie, wilde Tiere. Sie verschwanden durch die Tür, die, kaum geöffnet, wieder zufiel, wobei sie auf Jeans Augen die Spur des sonnenüberfluteten Schnees hinterließ, der ihn blendete.

Jean schüttelte sich und wandte seinen Blick der Treppe zu, der er sich näherte. Kein anderes Geräusch als das Wasser, das irgendwo auf einem Herd sang.

»Ist da jemand?«

Seine Stimme hallte von den Wänden wider, und niemand antwortete. Ohne sich zu wundern, wiederholte er seine Frage.

Dieses Mal antwortete ein langsamer Schritt auf seinen Ruf. Ein Mann kam die Treppe herunter. Blond, eher hochgewachsen, um die Vierzig, mit der Hautfarbe der Leute aus den Bergen, aus dessen Gesicht überraschenderweise ein Blick von zu hellem Blau hervorschoß.

»Guten Tag«, sagte Jean. »Kann ich ein Zimmer bekommen?«

»Warum nicht?« sagte der Mann.

»Welches sind Ihre Bedingungen?« fragte Jean.

»Das ist nicht wichtig.«

»Ich habe nicht viel Geld.«

»Ich auch nicht«, sagte der Mann. »Sonst wäre ich nicht hier. 600 Francs pro Tag?«

»Aber das ist doch nicht genug...«, protestierte Jean.

»Oh!« sagte der andere, »so angenehm werden Sie es nicht finden... Ich heiße Gilbert.«

»Ich Jean.«

Sie schüttelten einander die Hände.

»Kommen Sie herauf«, sagte Gilbert, »und suchen Sie sich eins aus. Alles ist frei, außer Nr. 5 und Nr. 6.«

»Die drei Mädchen, die gerade heruntergekommen sind?« fragte Jean.

»Genau«, sagte Gilbert.

Jean ging wieder hinaus und nahm seinen Koffer. Er war verbeult, als hätte ihm jemand einen Tritt mit eisenbeschlagenen Schuhen versetzt, und das Leder war verschrammt und rauh. Er zog die Schultern hoch, hob den Koffer und stieg die wurmstichige Stiege wieder hoch. Von neuem roch er den Wachs- und Lackgeruch des Chalets und hörte das Murmeln des Wassers. Er fühlte sich zu Hause. Fröhlich sprang er in vier Sätzen die gerade Treppe hoch, die zur ersten Etage führte.

2

Schnell lernte er ihre Namen: Leni, Laurence und Luce. Leni war die Blondeste, eine lange Österreicherin mit schmalen Hüften und aufreizenden Brüsten, sie hatte eine gerade Nase, die ihre Stirn verlängerte, ein etwas rundes Gesicht mit einem verächtlichen Mund und hohe Backenknochen, eher russisch als deutsch. Laurence, brünett mit harten, umrandeten Augen, Luce, geziert bis in die Fingerspitzen, waren auch jede auf ihre Art reizvolle Geschöpfe; seltsamerweise schienen sie alle drei nach dem gleichen Modell gebaut, Diana als junges Mädchen, muskulös, etwas jungenhaft aussehend - bis man sich ausführlicher damit beschäftigte, ihre Brüste mit den faszinierenden Rundungen auszumachen, deren scharfe Spitzen den leichten Stoff der Anoraks aus schwarzer Seide hielten. Zwischen Jean und den drei Mädchen war von Anfang an Kriegszustand. Ohne daß er gewußt hätte, warum, hatten sie vom ersten Tage an verweigert, ihn zuzulassen, und beschlossen, ihm das Leben schwerzumachen. Sie beunruhigten ihn mit ihrer offenen Verachtung und Herablassung, blieben all seinem Entgegenkommen gegenüber verschlossen, was soweit ging, daß sie solch einfache Gesten verweigerten wie die, einander bei Tisch das Brot zu reichen oder das Salz weiterzugeben. Jean, der die ersten Tage peinlich berührt war, bekam von Gilbert keinerlei Aufklärung. Gilbert lebte allein in einem Arbeitszimmer im ersten Stock, das er nur für ausgedehnte Bergtouren verließ.

Ein altes Ehepaar, Leute aus den Bergen, sorgte für den Unterhalt des Hauses und seiner Bewohner. Die Tage flossen dahin, ohne daß sich eine Seele blicken ließ, außer diesen sieben Gestalten.
Er sah sie sehr selten außerhalb der Essenszeiten. Sie standen früh auf und brachen, schnell marschbereit, in die Berge auf, mit ihren Skiern und Skistöcken bewaffnet. Am Abend kamen sie zurück; mit roten und glühenden Wangen, sterbensmüde, und brachten, bevor sie wieder auf ihre Zimmer gingen, eine Stunde damit zu, ihre nach Wunsch glatten, verbogenen, harten Bretter für die Aufstiege des nächsten Tages zu wachsen. Jean, der von dieser Haltung etwas verletzt war, insistierte nicht und wich ihnen aus, soweit das möglich war. Er brach seinerseits auf, wobei er für gewöhnlich eine Richtung wählte, die der ihrigen entgegengesetzt war. Es gab zahlreiche Hänge, er hatte eine reiche Auswahl. Allein erklomm er schräg die abgerundeten Flanken des Berges, um sie kurz darauf wieder hinabzufahren, zwischen dem seidigen Spritzen des Schnees und dem sanften Reiben der wogenden Hickorys; er kurvte und schwang am Rande von schwindelerregenden Abgründen hin und her und kam schließlich, trunken von der frischen Luft, im Hotel an. Sein Herz klopfte heftig, er war glücklich und erschöpft. Seit acht Tagen war er im Hotel, und, da er einmal wieder angefangen hatte, begann er schnell Fortschritte zu machen, kontrollierte jeden Muskelreiz, jedes Umsetzen der Skistöcke, pflegte seinen Stil und stählte seine Muskeln. Die Zeit verging, sachlich, schnell; es waren Ferien.

3 Er war an jenem Morgen sehr früh aufgebrochen; er hatte vor, das Dreischwesterntal zu erreichen, das am Horizont seine großartige Landschaft entfaltete. Er mühte sich allein am Berg ab, kam von Kamm zu Kamm voran, um nach jeder Bodenwelle zwischen den ruhigen Tannen mit den

wattebeschwerten Zweigen wieder hinabzusausen. Ein besonders steiler Hang reizte ihn. Er machte eine Schußfahrt, und der Wind pfiff in seinen Ohren. Er fuhr hinab, über seine Skier gebeugt und sein ganzes Gewicht nach vorn verlagert, und ließ hinter sich eine doppelte Spur zurück, gerade wie ein Altweibersommer-Faden. Der etwas klebrige Schnee bremste ihn stellenweise ab.

Er überquerte eine Kuppe, und ihm wurde klar, daß er nicht weiterkommen würde. Hinter der Kuppe fiel eine Schlucht steil ab, zweifellos ein Bachbett, voller fester, junger Tannenstämme. Er hätte nach links schwenken müssen, aber er fuhr so schnell. Es war aber auch unvorsichtig, dermaßen auf einer unbekannten Piste loszurasen. Wie aus Reflex stützte er sich stärker auf den rechten Ski, versuchte vorbeizukommen; aber der Hang unterhalb der Schlucht war mit jungen Tannen bewachsen und so steil, daß er nur leicht zur Seite schwang. Mit vollem Schwung knallte er an einen vorstehenden Ast, machte eine verzweifelte Anstrengung, den Wurzeln der nächsten Tanne auszuweichen und stürzte; durch die Gewalt des Aufpralls verlor er das Bewußtsein.

Als er wieder zu sich kam, erkannte Jean, daß die geplante Tour hier zu Ende sein würde. Seine beiden Skispitzen waren abgebrochen, die Bretter unbrauchbar. Im übrigen verursachte ihm einer seiner Knöchel ungeheure Schmerzen. Indem er die Metallklappen seiner Bindegurte löste, versuchte er mehr schlecht als recht, sich den Knöchel zu umwickeln. Er fand seine Stöcke zehn Meter weiter wieder und nahm, holperdistolper, den Rückweg auf. Er hatte fünf bis sechs Stunden vor sich.

Beim Gehen schloß er die Augen halb, um den grellen Schein, der ihn blendete, abzumildern. Er stützte sich auf seine Stöcke, um den Knöchel nicht zu belasten, und kam äußerst langsam voran. Alle hundert Meter hielt er an, um zu verschnaufen.

Er erreichte einen Höhenkamm, den er zwei Stunden vorher mit einem einzigen Schwung überwunden hatte, als er, von

einer ziemlich weit entfernten Bewegung angezogen, halt machte. Drei dunkle Umrisse kamen am Fuße des Kamms auf Skiern vorbei, sie folgten dem Flußbett.
Ohne zu wissen warum, duckte sich Jean. Zwischen ihm und ihnen - denn es waren seine drei Nachbarinnen aus dem Hotel - waren 200 Meter Luftlinie. Er drehte sich auf der Stelle, während er ihnen mit den Augen folgte. Sie glitten hinter den Tannen durch, und eine kleine Anhöhe verbarg sie einen Moment lang. Sie tauchten nicht wieder auf. Jean schlich vorsichtig in ihre Richtung.
Er war nicht auf den Schock vorbereitet, den er erlitt, als sein Kopf schließlich vorsichtig das Feld überblickte, auf dem sie sich tummelten, und er duckte sich noch tiefer in das dichte, kalte Schneebett, um nicht gesehen zu werden. Leni, Luce und Laurence standen nackt im Schnee. Luce und Laurence umringten ihre Gefährtin und bückten sich, nahmen mit vollen Händen das eisige Pulver, um Leni damit abzureiben, eine Statue aus Gold und Stolz inmitten der weißen Wüste. Jean fühlte es heiß in seinen Adern rinnen. Die drei Mädchen spielten, tanzten, rannten, geschmeidig wie wilde Tiere, für kurze Balgereien augenblickslang ineinander verschlungen. Sie schienen sich immer mehr zu erregen bei diesem Spiel. Plötzlich ergriff Luce von hinten Laurence und brachte sie ins Schwanken, dann fiel sie der Länge nach hin. Leni warf sich neben Laurence auf die Knie, und Jean sah, wie ihre Lippen schnell den ganzen Körper der Brünetten entlangglitten, die unbeweglich liegenblieb. Luce ihrerseits ließ sie nun los und streckte sich neben ihr aus. Einen Augenblick später konnte Jean nur noch ein Wirrwarr von Körpern ausmachen, das seine geblendeten Augen nicht mehr zu entwirren vermochten. Keuchend wandte er den Kopf ab. Dann, unfähig zu widerstehen, kehrte er gierig zu dem Schauspiel zurück, das vor ihm abrollte.
Wie lange sah er ihnen zu? Eine kleine Schneeflocke, die auf seiner Hand zerschellte, ließ ihn erschauern. Der Himmel

hatte sich plötzlich zugezogen. Die drei Mädchen lösten sich voneinander und liefen zu ihren Kleidern. Jean, der sich seiner gefährlichen Lage bewußt war, hielt den Atem an und wollte sich zurückziehen. Er versuchte, sein beschädigtes Bein zu bewegen, und der Schmerz in seinem Knöchel war so stark, daß ihm, obwohl er sich zusammenriß, ein Stöhnen entfuhr.

Wie aufgeschreckte Rehe drehten sich Luce und Leni in seine Richtung und witterten die Luft. Mit ihren verwuschelten Haaren und ihren harmonischen Bewegungen hatten sie das Aussehen von Bacchantinnen. Mit großen Schritten kamen sie auf ihn zu. Jean erhob sich, mit schmerzverzerrtem Gesicht.

Sie erkannten ihn und wurden blaß. Lenis dunkle Lippen zogen sich zusammen, und sie ließ einen Fluch los. Jean versuchte, sich zu rechtfertigen.

»Es ist nur ein Zufall«, sagte er. »Ich habe ihn nicht gesucht.«

»Ein Zufall zuviel«, sagte Luce.

Lenis Arm schwang, und ihre kleine harte Faust schlug Jean auf den Mund. Seine Lippe platzte auf, und heißes Blut floß über sein Kinn.

»Ich habe mir den Knöchel verstaucht«, sagte Jean, »und meine Skier sind zerbrochen. Wenn eine von Ihnen mir einen Ski leihen könnte, werde ich ohne Hilfe ins Hotel zurückkehren können.«

Luce hielt einen Skistock mit einem schweren Ledergriff. Ihre Hand glitt bis zum Aluminiumring hinab. Mit aller Kraft schwang sie den Griff und versetzte Jean damit einen Schlag auf die Schläfe. Er fiel betäubt auf die Knie und sackte in den Schnee. Laurence kam hinzu. Schnell und ohne sich abzusprechen, entkleideten sie den bewegungslosen Körper. Sie pflanzten seine beiden Stöcke über Kreuz auf, banden seine Handgelenke daran und richteten ihn wieder auf. Er war auf den Knien, den Kopf nach vorn gebeugt. Ein großer roter Tropfen fiel aus seinem linken Nasenloch und vereinigte sich mit dem Blut von seiner Lippe. Jetzt häuften Luce und Leni den Schnee mit vollen Händen um Jeans Leiche. Als der Schneemann fertig war, fielen schwere Flocken, gedrängt wie dichter Nebel. Jeans Gesicht war durch eine große Nase aus Schnee verborgen. Leni krönte zu aller Lächerlichkeit die groteske Gestalt noch mit einer Mütze aus schwarzer Wolle. In den Mund bekam er eine goldene Zigarettenspitze. Dann gingen die drei Frauen unter der weißen Woge den Weg nach Vallyeuse zurück.

Meine Muse

Vor hundert Jahren schon hieltst du für akkurat,
Den sanften Musenleib ins Fischbein einzupressen,
Mein lieber Soulary. Du wolltest für Mätressen
- zum feinen Unterschied - gebrauchten Apparat.

Als dann die reife Frau, robust, doch nach und nach
Erlebte, wie ihr Fleisch zerlief in weichen Wogen,
Als ihre Bänder sich nach allen Seiten bogen,
Ihr Nabel niederhing, die Brust zusammenbrach:

Die Zeiten sind vorbei. Der grause Müßiggang,
Er schleppt nicht mehr den Tod der Schönen Schönheit nach.
Des Frühlings Wunderkraft braucht nicht mehr zu ermatten.

Der Kluge praktiziert gehörig die Gymnastik,
Und die Massage kann ihr rasch zurückerstatten
Figur und flachen Bauch und ihrer Brust Elastik.

Von meiner Muse

Ich will erzählen hier von Wünschen und Begehren,
Wie fruchtbar doch die Ader meiner Muse ist!
Zuweilen übt sie sich als Zungenparodist,
Marktschreierisch mit aufgeblasnen Lehren.

Zuweilen tönt, preziös, ein Reiz aus ihrem Munde,
Als sei sie jäh geschmückt mit künstlerischer Gemme.
Doch manchmal wälzt sie sich in schmutziger Kaschemme,
Gefällt ihr nur der Dreck in jeglicher Sekunde.

In diesem Zustand muß ich mich in sie verbeißen,
Und um ihr nach und nach die Reime zu entreißen,
Faß ich sie an, bald hart, bald liegend auf dem Rücken.

Es preist, weich hingestreckt, mein glatter Vers sie kühn.
Sie steigen auf dem Land, um Rüben abzupflücken,
Die einen auf den Baum, die andern schütteln ihn.

An meine Muse

Warum nur flüsterst du mir Eseleien ein?
Ich habe dich doch nicht als Nutte stets behandelt.
Du gibst mir schönen Vers, ich schreibe ihn, verwandelt:
Ganz unvermutet, peng! sind es nur Witzelein.

Ein faules Possenstück, ein glatter Hanswurstspaß,
Geschmacklos bestenfalls. Ich weiß. Es tut mir leid.
Das ist Diogenes im bunten Geckenkleid,
Pascal als Chansonnier, der Albernheiten las.

Beethoven auf dem Feld, der eine Flöte schnitt,
Claudel am Sabbat, der auf einem Stecken ritt,
ein schlechter Doktor, der Hippokrates kuriert.

Das ist, im Swinggesang, Pius der Zwölfte, nackt,
Ein sanfter Schwadroneur im großen Teufelspakt,
Ein Clownshut, der das Haupt des Sokrates verziert.

Durch meine Muse

Durch meine Muse kam mir des Erfolgs Geheimnis,
Sie sagte: Liebling, du, vom Anfang aller Zeiten
Bleibt unveränderlich des Ruhmes höchste Keimnis.
Doch so verhält sichs nicht mit unsren Möglichkeiten.

Ein mancher zehrt sich auf in schrecklichen Exzessen,
Versucht ans Ziel zu gehn im Traum, er glaubt es nicht:
Er führt im schwarzen Kahn die Seele ins Vergessen.
Stech auf den hohlen Traum, wie ein Geschwür man sticht.

An Arten gibt es zwei, auf den Parnaß zu kommen:
Die, sack- und führerlos, der Schrunden unbenommen,
Die Hänge aufzugehn, in Stürze ein sich lassen,

Und: wie der kleine Prinz auf seinem Teppich liegen,
Im Flugzeug still und leis auf das Gebirge fliegen,
Den Fallschirm öffnen und sich einfach fallen lassen.

Der Letzte der Letzten

Zur Feier wollte ich den Jungfraun dies bereiten:
Der Küsse Leidenschaft, der Reize Elixiere,
Ich sang der Liebe unanständige Turniere,
Der Liebe Tanz und Lust und ihrer schönen Zeiten.

Und meine Muse gab mir ihren Leib zu drücken.
Ich herzte, koste ihn, war ziemlich handgemein.
O weh, ganz unverhofft kam meine Frau herein:
Mir schien, sie war in Zorn. Ich bückte meinen Rücken.

»Du Schuft betrügtest mich! Verworfenes Gelichter!
Am End bist du ein Lügenbold und gar kein Dichter?*
Ich sorge schon dafür, daß dir die Lust vergeht.«

Sie nahm die Schere her, da trug die Muse Trauer.
Ich Sänger bin kastriert, mach Verse ohne Dauer.
Das ist das Ende nun, bis ihr mich wiederseht.**

* Anmerkung des Autors.
** Bis es nachgewachsen ist.

Quellenhinweise

Ich über mich (Titel vom Hrsg.) aus Klaus Völker: *Boris Vian. Der Prinz von Saint-Germain.* Deutsch von Klaus Völker. © Verlag Klaus Wagenbach 1989
Heiratet nicht aus *Chansons.* © 1984 Héritiers Vian et Christian Bourgois Editeur, Paris. Deutsch von Steffen Mensching
Wenn ihre Frauen sich zanken; Eine Wohnung in einem Fingerhut aus *La belle Epoque.* © 1982 Christian Bourgois Editeur, Paris. Deutsch von Frank Heibert. © 1985 für die Übersetzung Zweitausendeins, Frankfurt am Main
Party bei Léobille; Die Glücksritter; Liebe ist blind aus *Le Loup-garou.* © 1970 Christian Bourgois Editeur, Paris. Deutsch von Klaus Völker. © 1983 für die Übersetzung Zweitausendeins, Frankfurt am Main
Abschweifung aus *Drehwurm, Swing und das Plankton.* © 1946 Editions Gallimard, Paris. Deutsch von Eugen Helmlé. © 1982 für die Übersetzung Zweitausendeins, Frankfurt am Main
Der Impotente; Das Motiv aus *Le Ratichon baigneur.* © 1981 Christian Bourgois Editeur, Paris. Deutsch von Frank Heibert. © 1983 für die Übersetzung Zweitausendeins, Frankfurt am Main
Brisavion macht einen Deal (Titel vom Hrsg.) aus *Aufruhr in den Andennen.* © 1967 Société des Editions Pauvert. Deutsch von Wolfgang Sebastian Baur. © 1981 für die Übersetzung Zweitausendeins, Frankfurt am Main
Tu mir weh, Johnny aus *Chansons.* © 1984 Héritiers Vian et Christian Bourgois Editeur, Paris. Deutsch von Sibylle Christlein und Rainer Zimmer. © 1989 für die Übersetzung Zweitausendeins, Frankfurt am Main
Warum heiratest du sie nicht? (Titel vom Hrsg.) aus *Herbst in Peking.* © 1956 Les Editions de Minuit, Paris. Deutsch von Eugen Helmlé. © 1979 für die Übersetzung Zweitausendeins, Frankfurt am Main
Der Kommissar und die Grüne Pantherin aus *Cinéma. Science-Fiction.* © 1978 Christian Bourgois Editeur, Paris. Deutsch von Frank Heibert. © 1984 für die Übersetzung Zweitausendeins, Frankfurt am Main
Alle Sonette aus *Cents Sonnets.* © 1984 Héritiers Vian et Christian Bourgois Editeur, Paris. Deutsch von Eugen Helmlé und Ludwig Harig. © 1989 für die Übersetzung Zweitausendeins, Frankfurt am Main

Werke von Boris Vian

Verzeichnis der Erstausgaben

J'irai cracher sur vos tombes. Roman. Paris, 1946
Vercoquin et le plancton. Roman. Paris, 1946
L'Écume des jours. Roman. Paris, 1947
Le Morts ont tous la même peau. Roman. Suivi de *Les Chiens, le désir et la mort.* Paris, 1947
L'Automne à Pékin. Roman. Paris, 1947
Barnum's Digest. Poèmes. Paris, 1948
Et on tuera tous les affreux. Roman. Paris, 1948
Cantilènes en gelée. Poèmes. Limoges, 1949
Les Fourmis. Nouvelles. Paris, 1949
L'Herbe rouge. Roman. Paris, 1950
L'Équarrissage pour tous. Pièce. Suivi de *Le dernier des métiers.* Paris, 1950
Elles se rendent pas compte. Roman. Paris, 1950
L'Arrache-cœur. Roman. Paris, 1953
En avant la Zizique. Esquisse d'une classification des chansons. Paris 1958
Fiesta. Opéra en un acte. Livret de Boris Vian; Musique de Darius Milhaud. Paris 1958
Les Bâtisseurs d'Empire. Pièce. Paris, 1959
Zoneilles (avec Michel Arnaud et Raymond Queneau). Paris, 1961
Je voudrais pas crever. Poèmes. Paris, 1962
Le Goûter des généraux. Pièce. Paris, 1962
Textes et chansons. Paris, 1966
Trouble dans les Andains. Roman. Paris, 1966
Chroniques de Jazz. Paris, 1967
Le Loup-garou. Suivi de douze autres nouvelles. Paris, 1970
Théâtre inédit: Tête de méduse, Série blême, Le Chausseur français. Paris, 1971
Chroniques du Menteur. Paris, 1974
Manuel de Saint-Germain-des-Prés. Texte présenté établi par Noël Arnaud. Iconographie rassemblée par d'Déé. Chêne. Paris, 1974
Le Chevalier de neige. Paris, 1974
Le Dossier de l'affaire » J'irai cracher sur vos tombes«. Paris, 1974
Derrière la Zizique. Paris, 1976
Petits Spectacles. Paris, 1977
Cinéma. Science-Fiction. Paris, 1978
Traité de civisme. Paris, 1979
Écrits pornographiques. Paris, 1980

Écrits sur le Jazz. Tome I. Jazz-Hot/Combat. Paris, 1981
Le Ratichon baigneur et autres nouvelles inédites. Paris, 1981
Autres Écrits sur le Jazz. Tome II. Paris, 1982
La Belle Époque (Variétés). Paris, 1982
Opéras. Paris, 1982
Chansons. Paris, 1984
Cents sonnets. Paris, 1984
Rue des ravissantes et dix-huit autres scénarios cinématographiques. Paris, 1989

Boris Vian Geboren 1920 in Ville d'Avray. 1939 École Centrale des Arts et Manufactures in Angoulême. 1942 Ingenieursexamen. Begründet eine Amateurjazzband mit Claude Abadie. 1946/47 erscheinen seine ersten Romane, gefördert von Raymond Queneau und Jean-Paul Sartre. Bis 1947 Ingenieur; daneben und in den folgenden Jahren Schriftsteller, Jazztrompeter, Chansonnier, Schauspieler, Übersetzer und Leiter der Jazzplattenabteilung bei Philips. Starb 1959 in Paris.

Boris Vian
Werke in Einzelausgaben

Das rote Gras
In diesem Roman erforschen die Männer vergeblich sich selbst, und die Frauen stehen und liegen kopfschüttelnd daneben.
Deutsch von Eugen Helmlé
Wagenbachs Taschenbuch *233, 152* Seiten

Ich werde auf eure Gräber spucken
Ein völlig verfickter Roman aus verfickten Zeiten: Vian in der Verkleidung eines schwarzen amerikanischen Krimi-Schriftstellers!
Deutsch von Eugen Helmlé
Wagenbachs Taschenbuch *240, 136* Seiten

Wir werden alle Fiesen killen
Vom blutigen Anfänger zum Sex-and-Crime-Profi nimmt Rock Bailey seinen Weg und entlarvt Dr. Schutz, der in geheimen Laboratorien aus den schönsten Frauen und den standhaftesten Männern makellose Klons herstellt und damit schon etliche Fiese gekillt hat.
Deutsch von Eugen Helmlé
Wagenbachs Taschenbuch *242, 192* Seiten

Aufruhr in den Ardennen
Dieser Roman ist Boris Vians Erstling – er zeigt uns hier, wie fruchtbar die Liaison ungezügelter Phantasie mit einem frischen Ingenieurdiplom sein kann.
Deutsch von Wolfgang Sebastian Baur
Wagenbachs Taschenbuch *243, 96* Seiten

Tote haben alle dieselbe Haut

Eine witzige, böse Travestie auf den amerikanischen Krimi und seine machistischen, großmäuligen, prügelnden, saufenden Weiberhelden.

Deutsch von Asma Semler

Wagenbachs Taschenbuch *244*, *128* Seiten

Faule Zeiten. Sämtliche Erzählungen I

Unbändige Fabulierlust, spottgeladener Zorn auf uniformierte und zivile Autoritäten und anarchistischer Furor bilden die giftigen Ingredienzen und den heiteren Sprengstoff dieser Prosa.

Deutsch von Frank Heibert, Irmgard Hartig und Klaus Völker

Wagenbachs Taschenbuch *247*, *208* Seiten

Liebe ist blind. Sämtliche Erzählungen II

Wie zieht man einer Existentialistin die schwarze Hose aus und was bleibt dann von ihr übrig?
Ist die Liebe im Freien ratsam oder eher nicht?
Boris Vian beantwortet grundlegende Lebensfragen.

Deutsch von Frank Heibert und Klaus Völker

Wagenbachs Taschenbuch *248*, *240* Seiten

Drehwurm, Swing und das Plankton

Wie amüsiert man sich auf einer Party, auf der die begehrteste Frau unter besonderem Schutz eines Unteringenieurs steht, der soeben eine Vorstudie über Hebewerksenthärter angelegt hat? Für diesen ungleichen Kampf, in dem alle Mittel erlaubt sind, werden wirkungsvolle Taktiken und Geheimwaffen verraten.

Deutsch von Eugen Helmlé

Wagenbachs Taschenbuch *249*, *184* Seiten

Der Herzausreißer

Ein surrealer Roman voll Unzucht, Psychoanalyse und Geistererscheinungen: Jacquemort kommt ans Meer, hilft bei einer Geburt von Drillingen, erfreut sich an den Raufereien des Pfarrers mit der Dorfbevölkerung, bedient ein Kindermädchen und muß sich mit einer besonders ausgefallenen Form der Mutterliebe auseinandersetzen. Nur Psychiater darf er nicht spielen.

Deutsch von Wolfgang Sebastian Baur
Wagenbachs Taschenbuch *257*, *216* Seiten

Die kapieren nicht

Ein »amerikanischer« Roman, den Boris Vian unter Pseudonym schrieb, um Zensur und miese Laune zu vertreiben: Eine wüste Satire auf feine Leute, erotische Knaller und das rasende Leben. Jeder ist hinter jedem her und keiner kapiert was.

Deutsch von Hanns Grössel
Wagenbachs Taschenbuch *258*, *136* Seiten

Herbst in Peking

Der exaltierteste Roman von Boris Vian:
Er erzählt die Geschichte einer Liebe und das Scheitern einer großen Spekulation.

Deutsch von Eugen Helmlé
Wagenbachs Taschenbuch *271*, *296* Seiten

Sprengt die Bank!

Die berühmtesten Provokations- und Gelegenheitstexte Vians: Ein Blick in die heitere und gut ausgerüstete Werkstatt eines Feuerwerkers im Porzellanladen der Gesellschaft.

Deutsch von Frank Heibert, Wolfgang Sebastian Baur, Eugen Helmlé und Klaus Völker
Wagenbachs Taschenbuch *272*, *128* Seiten

Der Schaum der Tage

Roman

Über Boris Vians Kultbuch einer seltsamen Liebe schrieb Simone de Beauvoir: »Was mich verblüfft ist die Wahrhaftigkeit dieses Romans und auch seine große Zärtlichkeit.«

Aus dem Französischen von Antje Pehnt
Neu durchgesehen von Klaus Völker
Wagenbachs Taschenbuch *273*, *192* Seiten

Über Boris Vian:

Klaus Völker

Boris Vian – der Prinz von St. Germain

Boris Vian, Schriftsteller, Ingenieur, Drehbuchautor, Schauspieler und Jazzmusiker, gehört zu den schillerndsten Figuren im Paris der Nachkriegszeit. Klaus Völker hat mit der Biographie dieses Allround-Genies auch eine Innenansicht jenes Kulturlaboratoriums geschrieben, das in den Cafés und Jazzkellern von St. Germain seine Filialen hatte.

»Ein berückend schönes und informatives Lese- und Bilderbuch.«
Adolf Fink, FRANKFURTER ALLGEMEINE ZEITUNG

Englische Broschur. *160* Seiten mit *95* Fotos

Wagenbachs Sommerbücher 1997

Azzurro: Endlich Sommer!

Ferien, Sonne, Reisen: Antonioni, Natalia Ginzburg, Malerba, Tabucchi, Vian u. v. a. nehmen Sie mit auf die Reise: Geschichten von der Liebe am Strand, von mißglückten Ausflügen, wohlgeratenen Sommernächten und der Lust am Ortswechsel. Azzurro…

Zusammengestellt und illustriert vom Badekollektiv des Verlages. 160 Seiten

Djuna Barnes Ladies Almanach

»Alles, was man schon immer über die Damen und die besonderen Damen wissen wollte, erfährt man aus diesem ebenso tiefsinnigen wie witzigen 12-Monats-Buch.« Manuela Reichert, DIE ZEIT

Unanständig und ziemlich ›durchgebimst‹: ein Kultbuch aller Freunde und Freundinnen unabhängiger sowie rasend sündiger Frauen.

Mit einem Nachwort von Brigitte Siebrasse. Aus dem Amerikanischen von Karin Kersten. 144 Seiten mit vielen Zeichnungen und Photos

Luigi Malerba Närrische Welt

Hier kommen sie alle angerannt, die Narren und Träumer, die Einfältigen und Hemmungslosen des großen italienischen Ironikers.

Ausgewählt von Klaus Wagenbach. 128 Seiten

Erich Fried erzählt

Eine Sammlung der schönsten Geschichten Frieds. Wer seine Lyrik liest, schätzt oder verschenkt, sollte sich den Erzähler nicht entgehen lassen.

Ausgewählt von Christiane Jessen. 128 Seiten

Pier Paolo Pasolini
Amado mio Unkeusche Handlungen

Zwei Romane über verbotene Freundschaft und Liebe unter Männern, die erst nach Pasolinis Tod veröffentlicht werden konnten. Von Leidenschaft und Liebe und ihren qualvollen Grenzen.

Aus dem Italienischen von Maja Pflug. 208 Seiten